Michael Lentz

ODER

Prosa

Fischer
Taschenbuch
Verlag

für barbara valenti

Veröffentlicht im Fischer Taschenbuch Verlag,
einem Unternehmen der S. Fischer Verlag GmbH,
Frankfurt am Main, Februar 2003

Lizenzausgabe mit freundlicher Genehmigung
der edition selene, Wien

Druck und Bindung: Clausen & Bosse, Leck
Printed in Germany
ISBN 3-596-15572-X

daß das das daß

daß das das zu erwartende war.
daß das das zu verbietende war.
daß das verbietende zu verbieten war.
daß das das erschreckende ist.
daß das das daß war.
daß das das daß war das nicht aufhört.
daß das das daß war das das daß nicht verbieten läßt.
daß das das daß war das das daß nicht das sein läßt.
daß zu sagen daß das das nicht das sein kann das das daß
verbieten läßt daß aber <u>das</u> das das ist das aufhört, immerhin.

es ist nicht mehr lange da bin ich endlich. es ist so etwas wie vermutungsvermummung. anschauungssagen, und zwar wörtlich. aussichtshocker horizontalgeschweife. mit blicken. von hier aus, wo ein haus steht wo ich drin bin und zwischen dach und wäsche und anderen die drin sind, ein briefkasten, der sich vom wäschespeicher bis zum kohlenkeller zieht, eine flugpost, ein schlüsselklappern. an der linken speiche oder elle oder kardanwelle ein überstand ein hühnerbein, zwischen vermögen und testament keine handschrift.

unterbrechung als natur

ich weiß noch das fensterhinauslehnen der augen in einen vorgarten oder hinterhausgrün einer wiese gegenüber oder längs der salzach wo sommer war oder spätherbst und zum beispiel ein fenster war offen und beinlings hinübergekippt über die Zarge die zarge verrahmung eines die hauswand unterbrechenden fensters und draußen in die natur hinein geflüster und es war draußen von diesem tisch weg der quer zur natur stand natürlich ein frisches stolzieren der lippen zu empfangen „unsere geschichte ist immer die geschichte von begleitumständen" und wenn schon und wenn schon nicht bald mal

solovortrag für bierliebhaber und angehende ausgeher

in thalkirchen steht ein bierbrunnen. als die leute hinkamen war er weg. als die leute weggingen war er da. was soll das nun heißen, staunten sich die leut. als wir hinkamen ist er weg. weckten wir war er da. kann es sein, faßgenierte ein bierverlächter, der brunnen ist weg und ihr noch gar nicht aufgestanden? das wollen wir doch mal auskosten, schäumten da die leut. in thalkirchen stand ein bierbrunnen. als die leute nicht aufstehen, verging er vor alleine. da hatten die leut einen durst und reisten ans meer. der brunnen aber weinte bitterlich. da sagten die leut, jetzt ist er verbittert, jetzt gehn wir in den zoo. was jeder einsieht. nur der bierverlächter sah es nicht. dem ist kaum zu helfen.

cielo

reaktion auf pablo picassos dezember 38

„himmel“ ist ein komisches wort.
„himmel“ ist das schönste wort der deutschen sprachen.
besonders wenn es bei picasso steht.
bei picasso steht einmal das wort himmel sehr gehäuft, und zwar auf spanisch. im deutschen heißt es dann „himmel“.
himmel ist so etwas wie luft und überhaupt nicht so etwas wie baum. baum ist das gegenteil von himmel.
von baum gibt es glücklicherweise gar kein gegenteil sondern ein gutes reimwort. baumtraum.
rosen hingegen blühen nicht an bäumen sondern auf erden. da sollte man sie stehen lassen. rosen sind so etwas wie zum ansehen und anriechen. himmel ist mehr etwas für den geist:
die toten sind nicht auf erden sondern auf himmeln.
man sagt auch mit gutem grund >anhimmeln<.
gerne fliegt man durch den himmel an den himmeln vorbei und freut sich nach geglückter landung.
dann möchte man am liebsten sagen >es ist zum himmel ausreißen schön<.

überall

(mit zunehmendem tempo)

überall auf der welt löst sich zucker auf. auf der ganzen welt ist dies zu bestaunen. erst heute war es, daß sich ein kleiner zuckerhut in einem schönen café in einem schwarzen kaffee in einer meiner tasse vollständig aufgelöst hat. da habe ich auf einem schmalen stuhl an einem runden tisch gesessen und auch gegessen ein stück apfelkuchen und getrunken diesen schwarzen kaffee mit einem kleinen zuckerhut darin der hat sich vollständig aufgelöst in einer meiner tasse in einem schwarzen kaffee in einem schönen café in dem ich saß an einem runden tisch auf einem schmalen stuhl auf dem ich saß an einem runden tisch auf einem schmalen stuhl in einem schönen café da wo ich gesessen bin und auch gegessen einen stück apfelkuchen und getrunken diesen schwarzen kaffee darin sich aufgelöst ein kleiner zuckerhut hat in einer meiner tasse vollständig erst heute war es. erst heute war es überall auf der welt. überall auf der welt löst sich zucker auf. löst sich zucker auf auf der ganzen welt. auf der ganzen welt ist dies zu bestaunen. ist dies zu bestaunen erst heute war es. überall auf der welt auf der ganzen welt überall. überall auf der welt. überall.

ja, das war aber schwer was.

ja, das war aber schwer was. das war auch schwer. und schwer war das und untröstlich. schwer wie das war und untröstlich. wie das war und schwer und untröstlich. das war die ganze zeit so. und es war die ganze zeit schwer. und die ganze zeit war es untröstlich. und die ganze zeit und schwer und untröstlich. es war schwer als es anfing und schwer war es. wie es auch schwer war und untröstlich. die ganze zeit. die ganze zeit schwer und untröstlich. wie es auch zuende ging schwer und zuende ging schwer und untröstlich. genauso war es. genauso schwer, bis es wieder anfing und so war es untröstlich. so war es untröstlich als es wieder anfing. so war es. und so war es laut und leise. und das fing an. das fing schwer an. fing schwer an. fing langsam an. daß es aufhörte. daß es untröstlich war. das fing an als es schon schwer war. schon schwer genauso. genauso war es. so war es untröstlich. so war es als es untröstlich war. als es zuende ging war es untröstlich. es war als es zuende ging als war es untröstlich. als war es untröstlich. bis es wieder anfing und bis es zuende ging. bis es wie es war. wie es war als es anfing. und das war schwer was. ja, es war schwer. das war auch schwer. und schwer war das und untröstlich.

naja, naja, so mal dahingelebt oder was davon versprochen wird geschäftswelt beispielsweise und rundschau rundschau angerochen sein anblicken nasenfeste straßenteilnahme wenn es das ist heißt das ja nicht daß wir sterben müssen.

oder sagen wir mal, das heißt, daß wir sterben müssen.

dreitausend mal feuer, heißt das, darmwind, windeln, bartwasser, eierstock, binde, und blindenhund und geampelter stadtplan.

das geht so gerade aus, das hält mal an, das wartet mal, im allgemeinen verstirbt es oder hat herzklappenfehler oder hat spreizfuß oder hat schon leichenteile oder leichenflecken an den knieschubladen was insbesondere beim ficken stört, das entzündet sich und legt sich und gammelt ein und schläft, das dreht sich um und prostet sich zu und mehrt sich, was sich dreingibt, das legt sich das gibt sich das mehrt sich das gibt sich drein.

das pachtet mal ein haus und geht die tiere füttern das schaukelt mal auf der schaukel und fährt zum mond zur wickel zur blende und kackt mal kurz in den hausflur in die straßenschlucht und zeltet sich ein unters donnergebälk wo der zug drüber fahren tut:

SOVIELE beleibigungen körper und wandelgänge.
SOVIELE senken und beerdigungssträuße.
SOVIEL schweigefrist und schläfenlassen.
und kochen, heißt das, schlachten und rauschmal

Isou warum

Sie sehen also, dieser mann, der von sich behauptet, der sich von anderen behaupten oder sozusagen verschriftlichen vermündlichen oder wenn Sie so wollen verlautbaren läßt, heißt goldstein und dieser mann namens goldstein behauptet von sich oder läßt von sich behaupten eine bewegung in die welt gesetzt so groß wie buchweit fernmündlich antike, klassik und romantik zu haben, und warum, und warum und daß er als maler größer ist als picasso, und warum und daß er baudelaire, verlaine, rimbaud, mallarmé und tzara vollende und überflügle, die alle nichts als stufen in richtung auf ihn gewesen seien, den letzten zerstörer, und warum und daß er messias ist, und warum er mehr ist als das, was er verwirklicht hat und warum er auch das ist, was die anderen bald verwirklichen werden, und warum und daß er alle bereiche der gesellschaft revolutioniert habe, und warum und daß das bis heute noch nicht anerkannt ist amtlich, was aber früher oder später und zwar dann wenn es noch nicht ganz zu spät ist noch getan sein werden wird.

dann nämlich ruft jemand an und sagt es ihm.

dann nämlich sagt ihm jemand warum und daß das daß und das warum richtig waren.

dann nämlich ruft jemand ihm zu, der ihn nicht kennt.

bis dahin aber heißt es geduld und warum und daß es nie zu spät ist.

wenn's gestattet ist, schieß ich einfach einmal los. werden schon sehn, daß es zu nichts führen wird, zu nichts gutem, meinetwegen. sage ich also einfach mal, in dieser geschichte gibt es keine zeitung zu kaufen. das ist ja'n ding, nicht wahr. auch konservendosen werden hier nicht pfeilgeboten. nein, werden se nicht. zum beispiel an schuhcreme wird hier überhaupt nicht ranzukommen sein. Sie können sich ja ausrechnen, was es sonst noch alles nicht zu kriegen gibt in dieser geschichte. über mandelsplitter ließe ich vielleicht mit mir reden, aber schammpu kommt nicht in frage! nein, ganz bestimmt nicht, da ist nichts zu machen. neulich war es noch zuletzt, da wollte ein ausgewachsener lümmel ein jahresabonnemänt abstauben. was den leuten nicht alles einfällt! selbstverständlich habe ich ihm nicht einmal eine tageskarte verkauft. wofür auch? kann ich denn tageskarten verkaufen? nein, kann ich nicht. Sie sehen also, hier ist nichts zu holen. und damit basta. wenn sich die leute nicht mit mandelsplittern zufriedengeben können, kriegen sie halt auch keine mandelsplitter. das ganze hat sich ja schon mehrmals oft genauso zugetragen. und immer wollte niemand die mandelsplitter. der witz ist und bleibt ja der, daß ich nicht mal mandelsplitter anzubieten habe. aber schön wär's schon.

kleine schöpfungsbeichte

soll ich loslegen? allso, eine große geschichte, das all. ich hatte auch einlaß in das ganze, vor, na sagen wir, dreitausend jahren. aber nehmen wir das nicht so genau. ich habe damals die semmeln erfunden, und zwar ausnahmslos alle, damit für heute kein mißverständnis auffliegt. nun gut. zuerst war allso die semmel, die ofenfrische, das knacken. und als das licht ausging, habe ich tausend jahre die butter geschlagen. wie ich das ausgehalten habe? naja, übertariflicher vollrausch und pomade im haar. rund um die sonne. mit der erfindung der marmelade will ich gar nicht lange protzen. als die butter sich ergeben hatte, stellte sich die schöpfung von selbst ein.

soll ich loslegen? also, ich nehm den apfel vom baum, ein gewisser neutonne hat dabei schaum vor den nüstern, ich steh breitbeinig da, ne, kipp den whiskey runter, hau die zähne in den apfel, dat woore su bitte, daß allerwelt komputer plötzlich die weiße flagge hißt – Sie kennen dieses spielchen sicher –, dat meer schlabbert zusätzlich auch noch vornüber, ne, ich denk misch noch, wat witt wool die olle dahäm verzälle, wänn die den driß allhä märk, den isch do ajerischt hann, nitt usszuhaale, kinn dänke draa, da kütt misch der springende funke, uss dem äppelsche ne janz jewöhnlisch marmelat zu koche, und so war die semmel, dat röggelsche mit butte un marmelat, janz manierlisch jenießbah.

soll ich loslegen?

watt? iss et ussjeschnack? kassenschluß? äwwe isch bin et nitt schult, dräsch isch dämm mästro ins ohr.

allso nix mit vatteunser un sujätt!

na und? na wenn schon? was heißt das überhaupt?

ein unding für daniil

eines tages hatte ich eine böse backe. eiter flitzte wurm heraus. es war schon nicht mehr feierlich. na und, sagte ich mir, besser als einen faulen zahn. da war auch schon ein fahler zaun. na und, sagte ich mir, besser als einen doppelkinn. da hatte ich aber plötzlich einen killer von doppelkinn, das hing baumelnd von den lippen herab: truthahn, im spieglein betrachtet, mit einem kämmlein den kamm gekehrt, mit zwei fingern die nase geputzt, ansonsten noch, na was denn, eine wiedererkennung, eine sprachentasse. na und, sagte ich mir fesch, besser als schnieke gar nichts. und da hatte ich also garnichts. und zwar saß es verstohlen auf der heimat hinterm ohr. es nichtete ganz fürchterlich. na und, solls der teufel holen, sagte ich mir. und schnieke garnichts sagte es dem teufel, und der teufel holte es. ich bin nicht verwundert. ich bin verwundet! deshalb habe ich seitdem eine leere reiche in mir, ein regelrechtes loch im kopf, ein regelreiches. was heißt das überhaupt, eine reiche leere in mir? besser als zu saufen wie ein loch. da soff ich auch schon wie ein loch. na wenn schon, hauptsache ich bin glücklich verheiratet, sagte ich mir. na und? sagte mein vater. aber mein vater war schon zwanzig gestandene jahre tot. dann laß ich mich eben behandeln, sagte ich mir, und ließ mich eben behandeln. da sitze ich also jetzt auf weiter flur allein in acht kubikmetern weißer wand. na und, besser als michael lentz zu heißen, der hat nämlich diese fiese geschichte namentlich aufgetischt, sagte ich mir. und das ist ein unding, sagte ich mir, sagt oskar, sagt thomas, sagte ich mir, das ist ein unding.

auto-mathik

ein auto kam langsam an. fahrend kam langsam ein auto an. hinein nach aalen kommt dieses jetzt fahrend. nun sehet her endlich steht dieses ding länglich. es konnte nicht anders als endlich hier hinein zu kommen. nach aalen kommt dieses doch jedoch nicht gänzlich ganz länglich an. dieses hat vielmehr nur einen knall seitlich vor aalen ja gehabt ja.

deswegen platzte das liebliche auto auf entsetzlich.

sondern und deswegen platzte das liebliche auto auf.

deswegen platzte das liebliche auto auf entsetzlich langsam lang.

deswegen platzte das liebliche auto auf entsetzlich langsam lang länglich.

oder nur deswegen platzte das liebliche auto auf entsetzlich langsam lang.

deswegen platzte das liebliche auto auf entsetzlich langsam lang länglicher langend lahm.

entsetzlich langsam lang länglicher langend lahm längelangs lautlos laut langatmig lärmend längst landläufig,

längstens los lächerlich läßlich längst langweilig lädiert lack lakonisch labil lot laminar larval lamm.

deswegen konnte ein schöneres auto nicht gefahren kommen ins ruhigere städtchen das namentlich aalen heißt.

lamentabel!

gefahren kommt dieses automobil zerrüttet ganz labbrig.

augenblicklich personen drin sitzen geringfügig gewöhnlich und stille.

geringfügig auslaufend die meute augenblicklich langwierig nun.

jenes automobil namentlich steht stille aufgerissen. alle lebewesen inseitig sind labbrig. alltägliche gegenwart der natur! allgegenwart heutiger kunst. schöne kraftwagenkunst.

autokunst.

und dann passierte ein unvorhersehbarer vorgang. unvorhergegangenes. plötzlich etwas, geschah es ohne. am hellichten tag. es war, als es geschah. und als es geschah, war es. von sich behauptet niemand, es so kommen, es so vorhergegangen gesehen zu haben. es trat so ein. was niemand so hat kommen sehen, trat jetzt ein. automatisch.

was hat er sich für heute denn wieder ausgedacht? will er heute wider ein blödes gesicht machen ein so blödes wie gestern? er hat sich also ein thema zurechtgelegt, einen rettungsring. na schön, dann bitte sehr! wenn das so ist, wollen wir doch mal platz nehmen. dann wollen wir doch mal hören, was er sich denn wieder ausgedacht hat, hat für heute. zunächst also das thema und seine durchführung. und danach bitte auch die variationen. was ist denn das. wer hätte denn das gedacht. wer hätte denn gedacht, daß er zwei themen auf lager hat, sogar. das ist ja wie früher. und er verspricht ein großes finale? ein großes lähmendes finale verspricht er. eine katastrophe.

lebensgefühl
in berlin in der nähe habe ich eine panierte scholle verspeist. und vorher folgendes: ich bin mit einem mädchen dorthin gegangen, das einen namen hatte. wir sind mit dem auto gekommen und dann zufuß gegangen. es war in einem eckhaus. zuvor sind wir mit dem bus gefahren und danach um die blöcke gestrichen. das machte hungrig. ich schwitzte auch schon. neben der scholle lagen pommes frittes auf dem teller. und eine haube mayonnäse. das hat gemundet. die scholle war tatsächlich paniert. sie hatte den gleichen teint wie auch die fritten. weiß waren der teller und die mayonnäse. man muß sagen, daß es insgesamt sehr preiswert war. das eckhaus plus imbißstube hatte uns gleich zugesagt. und die scholle schmeckte gut. man kann sagen, daß sie gut war. sie hat auf ihre figur geachtet und einen apfel zu sich genommen. den gab es anderswo. wer weiß niemand mehr. das ging verloren.

es muß jemand kommen und sagen: beschäftigt Euch damit, das hat einen sinn. und zwar muß das heißen weltweit. und zwar sogar kosmisch. und das sogar übersee. nämlich offene türen. bis hinauf. bis zum horizont hinauf muß der kommen.
(und dann, siehe da, ist das geld alle.)

vielmehr habe ich mein erstaunen darüber zum ausdruck gebracht, daß der mensch noch lebt, das ungeziefer, daß er noch eine hoffnung trägt, denken zu können und sterben zu dürfen.

der mensch ist nämlich glatt, ohne widerspruch. nicht vater, nicht mutter. der vater zeugt nicht, die mutter zeugt nicht. ist aber nicht das liegen die dem menschen angemessene form der existenz: eine in sich selbst ruhende unwissende gleichgültigkeit. ein die wissenschaft widerlegendes liegen!

der kopf des menschen, hört man sagen, sei eine klägliche pflanze. sein kopf spiegelt nicht die welt, keine welt spiegelt seinen kopf. es geht das gerücht, sein kopf sei unmöglich, die milch der mutter abzulehnen. da können wir nur lachen!

er soll noch immer fühlen können. das sanfte gleiten seiner genitalien hat er nicht verlernt! er soll sich seiner orgasmen schämen. er soll sich schämen! wir müssen die wörter ja so installieren, daß sie unser nicht mehr bedürfen. ein ziel soll der mensch vor augen haben.

das ziel des menschen in der geschichte aber ist der kollektive selbstmord. er genießt die welt als selbstmordvorrichtungsspaß.

er soll daran eine gewisse freude haben. soll er haben! er soll klug genug sein, die perspektive sinn in einen großen vater zu verleugnen. der alte herr muß doch immerhin mit der möglichkeit rechnen, daß wir nicht auf ihn, sondern auf uns selber warten.

womit beschäftigt sich der mensch? mit der mond- und sonnenfinsternis. mit einem neuen sonnensystem. er rechnet sein ende aus. und das ist gut so. einsame jahre verbringt er aufrecht in schamloser sehnsucht. er hat sehnsucht nach dem tier. er möchte wieder gebückt durch die jahre ziehen. betrachten wir heimlich sein kriechen auf vorder- und hinterpfote! auch der alte herr will wieder wort werden. er wartet schon. der mensch sagt, herr, komm dir zuhilfe! zuweilen ist er schwach. zuweilen glaubt er, mensch zu sein. zuweilen glaubt er, schwach zu sein. hier haben wir ein bündel hoffnung, einen kalten waisen, der inmitten seiner geilheit friert.

große abschiedsvorbereitung in der welt. die niedliche menschenwelt! ihre traurige sehnsucht nach diesem endlich ruhigen nichts. nach ruhe jedenfalls. und dennoch letzte woche ein kind gezeugt, das eines tages vergeblich auf das reich der mitte warten wird. ein sogenanntes menschlein, wenn alles gut gegangen ist. ein zungenloses nickerchen.

hinter verschlossenen türen wird das menschlein reglos auf dem boden sitzen. es wird nichts zu lachen haben. es wird kalt sein. kalt in seinem kopf und kalt in der welt.

auf allen vieren erscheint der mensch am horizont.

neulich war es ähnlich soweit, als es nachmittag war. das behagen war sehr wohl. es gab nichts gegenteiliges. aber nicht ganz so. das sind so ausgesteuerte vergleichsmomente. ich wollte sagen, nicht ganz so teilnahmslos. es als tag verglühte geradezu geformt. und ich bin dabeigesessen. oder ich war es. unangestrengtes wohlsein. dicht neben mir. oder ich war es der. so ein ähnliches danebenkippen. wie ein teilnahmsloses tastenschlagen bei vollem bewußtsein. oder ich war es der nach draußen schaute so aus den augen raus und es war nicht so etwas wie zum beispiel die fahrbahn das überqueren in mir oder war so etwas wie zum beispiel die fahrbahn das überqueren in mir dann möchte ich daß mir mal jemand bescheid gibt es gibt hier nämlich nicht die selben fragen wie in einem fernen land bei sonnenschein und flut. wie in andura zum beispiel. nicht daß es hier keine fragen gibt. die gibt es hier allerdings und zwar als subvention. stimme ist wichtig. benennen ist wichtig. satzkurve ist wichtig. oder ich war es der nach draußen schaute wenn es denn so etwas wie zum beispiel regen gibt und eine fahrbahn und eine überquerung dann war es womöglich ich der da gesessen ist unter möglicherweise anstrengenden bedingungen wie formteilen kaffeeersatz zuckermühle schmatzendes frohgesicht. erhebt sich. kommt jemand rein der befürchtet wurde. nicht weil so etwas wie eine ängstliche existenz ihn erwartet hätte. axtbewußtsein. vielmehr ist es so, daß jedes unvermutet befürchtete realitätsauftauchen ein fortgeschriebenes stück kaffeersatz oder lesen eines beliebigen textes ist oder lesen ist ein beliebiger text. einen beliebigen text aufschlagen nämlich beliebige realität und weitermachen will heißen wegschreiben was auch kippenberger martin unverrückbar weggetreten anno 97 mal alias „venusmuscheln“ betitulierte und zwar: „auf dem Regal/ egal, egal, egal/ Bücher egal“. und wissen Sie FEIERABEND ist so ein unverrückbares stück katastrophenprosa so eine art staatsregierung so eine art verharrung dass es mir lieber nicht deucht als es früher auch nicht später wurde oder so etwas wie sanktmartinsausgestopfterkürbiskopf am stengel hängend na dann gute nacht wenn es kein fundament mehr gibt kein brückenfundament wenn das erst mal mühsam ausgegossen werden muß so über nacht wenn da erst mal der bagger kommen muß fragt sich ob es da noch eines publikums bedarf eines zuhörens zuschaufelns ob da es noch bedürftig ist so zufällig ob da noch zusehends zumindest jemand bei tageslicht, aber das ist mißverständnis. das sind so viele unausgelöffelte vorräte. das sind so viele nicht mehr auszulöffelnde vorräte. das sind so verpackungsstarre vorräte. das ist so starr, so verpackt. so ausnahmslos. und nicht zu vergessen das überqueren der fahrbahn das natürlich tödlich verläuft.

da ich gebeten wurde, hier etwas zur entscheidung des nobelpreiskomitees und zur vergabe des nobelpreiskomiteenobelpreises 1945 zu entäußern, will ich dieser bitte gerne nachkommen und darauf hinweisen, daß die entscheidung sicherlich bedauerlich und richtig ist, und wenn der herr achternbusch im jahr des letzten lochs von dieser entscheidung zwangsvorstellig unberücksichtigt geblieben ist, so kann man das unfaßbare nur mit gelächter ertragen, und wenn der herr achternbusch über die entscheidung des nobelpreiskomitees und zur vergabe des nobelpreiskomiteenobelpreises 1945 schadenfroh ist, daß nämlich der herr grass von dieser entscheidung des nobelpreiskomitees unberücksichtigt, nämlich übergangen wurde, so kann man mit der letzten susn nur sagen: Und der Verstand liegt ganz klein daneben, und seit der holde friedrich sagte, „Seit ein Gespräch wir sind/ Und hören können voneinander", ist die kacke vom papst der heilige stuhl, auf dem der herr achternbusch jetzt platzgenommen hat. und wenn der herr grass sich seines zum bloßen wirtschaftsstandort verkommenen landes schämt, dessen regierung todbringenden handel zulasse und zudem den verfolgten kurden das recht auf asyl verweigere und für den herrn hintze damit der intellektuelle tiefstand eines schriftstellers markiert ist, so möchte auch ich dem herrn pfarrer huntze zurufen, mein intellektueller tiefstand ist so tief verhuntzt, daß selbst die grundwasserfühler des schürmannbaus ihn nicht tangieren und mich hiermit ernstzunehmend verabschieden, nicht ohne vorher auszurufen, daß wenn der herr innensinnmister kanther verlangt, wörtlich „massiv gegen rücksichtslosigkeit, randale, pennertum, aggressives betteln, unsauberkeit und lärm" vorzugehen und der herr doktor humoris causa hans-peter uhl aus münchen das toll findet und 1997 im gegenzug wie weiland 1953 pfarrer adolf mathes wörtlich „eine wunderbare idee" offeriert, nämlich eine wörtliche „auffangstation der not einzurichten", von der aus es wörtlich „entweder auf einen arbeitshof der jungen männer außerhalb der stadt" gehe, „der die betreffenden auf einen beruf in der landwirtschaft vorbereiten sollte" oder wörtlich „in einen fürsorgehof für alternde männer, ebenfalls auf dem lande, mit dem ziel, später einen altenheimplatz zu finden"; oder wörtlich „in eine heilstätte für suchtkranke, wiederum außerhalb der großstadt", damit wörtlich „beispielsweise trinker später wieder in ihre familien zurückkehren können", na was denn, um dort weiterzutrinken? wenn das also der herr hirnverweser hohl anempfiehlt, weil es der entscheidende fehler gewesen sei, daß wörtlich „übertretungen wie beispielsweise landstreicherei oder betteln aus dem strafgesetzbuch gestrichen worden sind", so möchte ich hiermit beantragen, herrn kreisligareferent UHL ins strafgesetzbuch zu sperren und zusammen mit herrn unsinnsmeister kater den ungeteilten friedensnobelpreis 1933 zu verleihen.

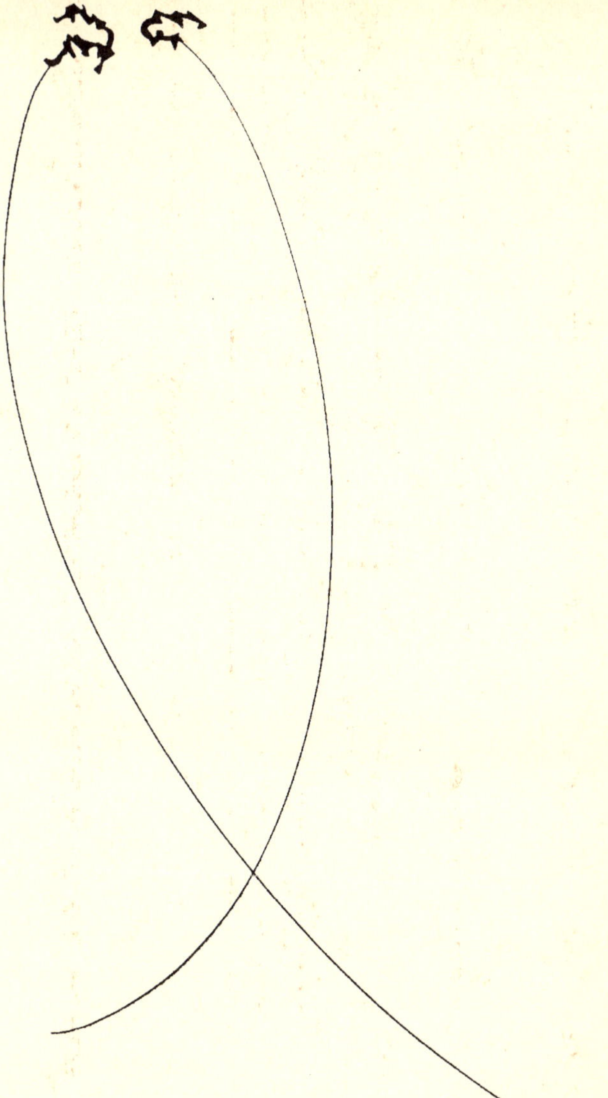

zugegeben er hätte noch einige runden drehen so ein weilchen vor sich hin wenden können. er hätte auch ein finales hosenscheißen vermeiden will sagen aber auch verhindern können. das versagen des schließmuskels: die sich endgültig entleerende verdauungsmaschine: die unbeschreiblichbare entladung inneres: all das passierte ihm wurde an ihm geschehen vollzogen durchgeführt. soll das etwa nicht angekündigt worden sein? wäre das etwa nicht nachzulesen gewesen? gibt es etwa keine filme davon? wäre das nicht vorhervoraussehbar gewesen wenn nicht sogar vorleidbar und austauschbar? eine definition hiervon in ansehung der gegenstände der abgefallenen verdorrten körpergegenstände ist allemal von vorteil wenn nicht sogar wünschenswert. eine dahingehänkte körpermaschine zur abschrekkung folgender verrufung totaler austauschbarkeit jawohl das ist keine hieroglyphe der zivilisation o faustus kaiser bodensatz o *grübelspeise* das ist ein brathähnchen ein schenkel eine tiefverpackte tiefgefrorene darbietung abgetrennte oder abgetretene körperablösung fragt sich ob abgelöst so einfach durch kochen oder mit henkersbeil hinübergeschlagen mit übung mit meisterkräften talentschuppen oder angestelltenzwang und das ist nun endlich mal ein freiraum kraftraum zeitraubung hier ohne lexikon wenn Sie verstehen lernen hier bin ich ganz ganz antimaterialschlacht ganz antiliebhaber hier nehme ich mich gleich sofort wieder aus dem bericht dem geschehen dem stuhl und richte alle blicke auf diese hingehangene tarnung der freiheit der meinung des bestätigten des pentagon der pritsche der sondervorstellung *hier sehen Sie anatomisches wunder oder hier sehen Sie kein anatomisches wunder aber gottes segen alias positives gottesurteil usw.* und entgegen dieses *namenfallen namentropfen* abtropfenlassen, dieses in die metallene wanne tropfen durch die hose rutschen deren beine vorschriftsmäßig weit genug gehalten sind und alles richtet die verhornten augen auf *dich*, da hilft kein dilettantenbruder kein antimaulkartäuser kein schrottaufkäufer kein amateurschamane privatpauker schwätzkadaver.

wird dann abgehängt und saubergemacht. wird dann runtergenommen und gewaschen. und die schöne silberne wanne kommt zuletzt dran. dann kommt die körperpolizei und stellt ein zeugnis aus. dann kommt die putzkraft und macht die wanne sauber. dann kommt der innungsmeister und stellt die instrumente ein. dann kommt der büroangestellte und stellt ein zeugnis aus. dann ist alles neu gemacht.

und schließlich im nachhinein *wie jetzt* ist alles aber einfach alles ist einem erst jetzt verständlich gehörig alles scheint einem erst jetzt gehörig erst jetzt scheint jemand dies alles erst jetzt zu besitzen im nachhinein erst jetzt entsetzlich allein zu besitzen gehörig erst jetzt gehört es entsetzt es erst jetzt allein entsetzt es jetzt erst vielleicht.

aber mein herz!

anstelle eines romans

in jener nacht ereignete es sich. ich erwachte, als sich der inhalt meines weckers aufs kopfkissen ergoß. zeitsoße, war ich sofort im bilde. aber mein herz. das stakte auf einen stock gestützt den flur entlang. tock tock tock. es mußte harter seegang sein. einsam herz, was hast du verloren im windelbezirk? den stechkahn verlassen, und mutter dir sein?

ich ging an land, die brandung zu erkunden. da marschierten schafe vorbei, mit hunden an der leine. eine rasierklinge öffnete dem auge das licht. *ein großzügiger sommertag!* grüßte ich die mich überquerenden passanten.

aber mein herz! ob es in brotteig gehüllt sich verkaufen will? eine gebenedeite semmel kommt mir nicht ins haus! und beschloß, ein herz nie in der brust verspürt zu haben.

jetzt nachdenken, öffnete ich mein paradies. eva, wie wir sie geschmacklos nennen wollen, zückte ihren flachen busen, und reichte mir mein herz. da rollte als soubrette jene schlange an, und fiel aus der rolle. sie knallte den apfel an meine schläfe, das kompott war erfunden, die enttäuschung groß. eilig hämmerte ich über die straße, auf der kein auto weit und breit und verkehr erst recht nicht. vor einem geschäft traf ich die schlange wieder, die menschenschlange. ganz ohne zweifel, hier wird mein herz verkauft, und schob eine menge leute beiseite. zack, hatte ich eins inne fresse. blutete gar nicht. hab ja mein herz in münchen verloren. dann saß ich in einem film, das heißt ich saß, während ein film lief. der war so schnell, daß ich gar nicht folgen konnte. plötzlich spürte ich eine handvoll ringfinger zwischen meinen beinen, und der film gefiel mir.

die ohren gespitzt! wir lauschen einem herzerfrischenden zwiegespräch:

„du hast ihn umgebracht, um dich schamlos zu bereichern!"

„Gnädiger Herr, Ihr Onkel ist angekommen, den Augenblick steigt er vom Pferde."

„Was sagst du, – der General?"

„o ja, jetzt rückt er die hose zurecht."

„lentz, mir graust vor dir."

und so ging es fort. es kam nicht weit. es hockte verstohlen in der ersten reihe. es war mein herz. so entschloß ich mich ... okay, diese szene nehmen wir noch mit:

„dein busen ist blutender schnee, deine schulter helfenbein, dein mund, dessen balsam mich 'kan stærken und verletzen'. deine schamlippen mich erröten lassen."

wir sind unterbrochen worden. mittlerweile hatte ich mich entschlossen, es nicht zum kleinen tod kommen zu lassen, meisterte zügellos den parkur, entriß einer alten frau im fluge das haarnetz, mit dem ich den tyrannen zu fangen mich gedenken traute, auf deutsch: die muse neben mir, die meine vorhut so lange auf und ab zu reiten wußte, daß sie loszugehen drohte, mußte ich links sitzen lassen, weil mein herz protzig in der ersten reihe saß, popcorn fraß und mit irgendwelchen gaffern knutschte. das ding mußte gestellt und überwältigt werden.

was gibt es da zu glotzen, tauchte ich neben ihm empor.

neben wem?

neben meinem herz.

hier gibt es kein herz.

aber sehen Sie, da sticht es zu.

und trug mich hinaus. aus.

auch über den gipfelkamm den gebirgslauf ist z.b. eine schnukke zu beobachten. das könnte ein gegenteil sein von „wofür sind denn hier die zäune?“

freilassing sollte wahr sein dann wäre hier der teufel los.

wenn z.b. jemand sein rotes jackett anhat und es liefen die stiere los ...

geht es aber in dieser fahrtrichtung einfach weiter ist nur auf die abfahrt des schaffners zu hören zu warten wohingegen der blick durch eine lagerhalle oder so etwas verstellt ist. hochgestapelte paletten, wäre noch nachzutragen.

es ist gut möglich, einmal vor lauter glück über die grenze zu gehen. es ist grundsätzlich vorstellbar geschlechtsverkehr auszuüben und zu genießen. es wäre nicht undenkbar, einmal noch über den steilhang der berge talab zu ziehen und es ist so etwas wie wasser unterwegs es ist so etwas wie so etwas wie geröll. und dieses geröll – eingelagert – eine rückwärts zu erzählende geschichte. eine geschichte die genußvoll verzögert wird. die hinausgeschoben wird. eine aufschubgenußverzögerungsgeschichte. „wenn man in einer kurve nach hinten guckt, da meint man, da sei noch ein zug, wenn man vorne die lok nicht sieht.“ oder ein sich partout nicht versteifen wollender schwanz. ein schwanz der sich sozusagen nicht einstellt. „denn da wolln wir ja nicht aussteigen.“ wenn aber dann sich der schwanz versteift und plötzlich nach vorne drängt, „guck mal, da hinten ist die autobahn“, „da war eben wasser, was ist das denn?“, „eine brücke“, wenn aber dann der plötzlich doch dann sehr in sich versteifte beinahe schon schmerzende schwanz und doch noch sofort zwischen türpfosten flurwänden, und sie sagt vielmehr so etwas wie befiehlt, „in wenigen minuten erreichen wir den“, befiehlt ihn unverzüglich während sie sich mit beiden – na was denn sonst – händen abstützt zwischen türpfosten flurwänden „eben waren wir über eine straße gefahren“, vor lauter vorstellung allein das genügt schon die härte wie luft allmählich wenn man das so sagen oder verstehen kann aus dem schwanz weicht entweicht und eine ebenso plötzliche berührung oder ein gezielter zugriff na endlich „das dasein der tiere“ das entweichen von härte quasi stoppt sozusagen und zieht den ich sage mal ein letztes mal schwanz in sich hinein „in wenigen minuten“ und dann ist engelsfrieden ist ausgeburt und trockenmal und überall uhren so aufgedröhnte mitten in wenn das keine straße ist hineingewuchtete fuchteln spickzettel alarmbehälter zuckt der zug über die staugleise über die niveaubrücke über die ansichtsfalle über die nachrichtensperre über texas haiti hawaii und meine jeans wird schmutzig und ich sage barbara kuck mal meine jeans ist schmutzig geworden und josef anton riedl landet in hawaii und stolpert über die hawaiigitarre und die ganze stimmung ist hin als wenn es nichts wär als wenn josef anton riedl in hawaii gelandet wäre dann stolpert er über die hawaiigitarre und die ganze stimmung wäre hin. so aber können wir uns damit begnügen, daß auch über den gipfelkamm den gebirgslauf z.b. eine schnucke zu beobachten ist. wozu dank heißenbüttel „wohl viel noch zu sagen“ wäre.

wenn ich also zu protokoll geben darf, daß besagter mann zur angegebenen stunde heimgekehrt ist bzw. heimkehrte und dann ganz alleine zu hause saß und dann ganz alleine dasaß und dann zunehmend alleine ferngesehen hat und sich ein butterbrot bereitete mit butter und einer wurst, die er aus dem kühlschrank holte, kann ich das genauestens so und nicht anders berichten, weil ich der besagte mann gewesen war und bin, der zur angegebenen stunde siehe oben heimgekehrt ist bzw. heimkehrte und dann siehe oben mittlerweile ganz alleine zu hause saß und dann ganz vereinsamt dasaß und dann zunehmend vereinsamend alleine ferngesehen hat und sich ohne einen funken hunger zu verspüren ein butterbrot zubereitete mit butter und einer billigwurst, die er aus dem kühlschrank herausholte, dieses geschmierte brot hernach angebissen hat, jawohl, zum lehnstuhl zurückgekehrt unverdrossen jetzt fällt es mir ein in die kamera starrte und sich am folgenden tag an nichts mehr erinnern konnte kann, so gebe ich das unverzüglich zu protokoll, weil ich derjenige mann bin, der sich an nichts mehr erinnern kann betreffs des vorausgegangenen abends, als besagter mann zur angegebenen undsoweiter undsoweiter, was aber keineswegs ausreicht von gesichtsverlust sprechen zu dürfen, gebe ich also nunmehr zu protokoll, folgende situation die sich zugetragen hat genauestens und ohne federlesen festhalten zu können, die sich unversehens zuträgt ohne daß ein ende abzusehen gewesen wäre zumal die angebissene schnitte brot wie bereits betont mit einer billigen wurst zubereitete schnitte butterbrot unverzüglich auf der lehne des lehnstuhls vor laufender kamera liegt und womöglich in ein bis zwei tagen unbrauchbar sprich ungenießbar verdorben sein wird, wenn nicht besagter mann, der ja nunmehr ich bin undsoweiter undsoweiter sich doch noch entschließen sollte allabendlich nach arbeit in den lehnstuhl zurückzukehren gestern morgen heute und diese angebissene billigwurstschnitte aufzubrauchen aber er weigert sich er weigert sich, womit hier also zu protokoll gegeben werden kann, daß es sich ganz und gar nicht um einen sehr hungrigen mann handeln kann, den der hunger jäh ankommt, der es jedoch hingegen vorzieht eine zigarette zu rauchen und die asche achtlos auf den boden stürzen zu lassen in einer zeit, da oder wo dies absolut kein einzelfall ist daß sich jemand gedanken macht über die letzten zu regelnden oder geregelten dinge betreffs heirat oder kinderkriegen in einer zeit oder wo sich jemand wie er entschließen könnte seine oder eine lebensgeschichte in einem tag will sagen einer stunde oder wenigstens erledigen, was ihn nie und nimmer daran hindert, sich kürzer zu fassen als erlaubt bzw. sich genau diese zeit zu nehmen die einem jeden wie ihm zusteht, einmal doch wenigstens besagte oder jetzt erstmals offenbare zigarettenpause zu nutzen, die ihn beschäftigenden dinge in ein rechtes licht zu rücken, womit gesagt werden will, daß ganz da hinten ganz da fern das zugegeben minimale nebelhorn oder was es ist schrillend ein großartiges ausmaß an tiefe gewinnt, das arbeitshorn, das, und das wäre noch hinzuzufügen, die zeit vergehen läßt.

[...] packt seine stullenschachtel aus und guckt hinein.

so eine leberwurstbemme schaut manierlich aus. will er aber nicht. gelber apfel ist da schon besser. kommt aber zuletzt dran. diese fertigbrotschnitte mit schinken ist auch nicht gerade überlebenswichtig. darunter noch ne käsestulle. scheint immerhin brauchbar. auch wenn käse schon ein bißchen grindig, ränder aufgewölbt. auch wenn das, was da so drüberhängt, so aus der schnitte weg, mehr loch als käse. leberwurstbemme dafür an den rändern schon ein wenig eingealtert. loses salatblattstück aus kopfsalat scheint ein wenig lieb- und gedankenlos. butter auf den bemmen insgesamt ein bißchen übertrieben. butter auf den graubrotscheiben schließt die poren ab. bildet da so schimmernde seen, nasse laken. die stullen sind allgemein so füllig, so vorhanden. nach der mutmaßung, betrachtung, anriechenden abwägung kommt jetzt in etwa der zeitpunkt in etwas hineinzubeißen und verstreicht. aus der plastikschachtel mit den broten riecht es mittlerweile käsig heraus. der käse schwitzt und wird hornig. käse, der die wurst überduftet. die leberwurst sinkt. allgemein herrscht eine große trockenheit in der schachtel. die in den graubrotporen schwimmende butter steht jetzt still. der geruch ist ein nebel. jetzt ist ein schimmelfleck zu erkennen auf einer adrett gestalteten doppelschnitte, wie allerdings alle bemmen schnitten oder stullen doppelgestaltet sind. das fällt jetzt auf. schimmel ist das schlimmste. schimmel konkurrenzlos nicht weiter beachtenswert, da vorerst so kleingrün als pelz unterm rand der schachtel hockend. brotschimmel als schimmel ist das schlimmste. der schießt so flauschige fäden aus und besetzt das brot restlos unsichtbar. noch ist aber nichts zu sehen von so landnahme webstuhl. der schlimmste schimmel ist eine hinterhand. der kommt aus dem hintergrund als hinterhalt. nicht aber dieses grüne schimmelfleckchen, das dennoch leuchtend da ist. diese heimtückische schimmeloase ist eine keimende monsterkultur, ein staatenbund im gleichklang. jetzt kommt der zeitpunkt, die stullenschachtel wegzuschmeißen, also. die borstigen bemmenscheiben sehen wo du hinschaust blendend aus dem gegenüber. kann es sein, daß eine einzige wilde zelle den hunger durchtreibt? jetzt klebt der schimmel unterm fingernagel unterm nagelbett. es genügt eine handbreit fingerzeig das zeug in den abfall zu stürzen mitsamt schachtel. es kann aber nicht sein, daß diese fahrt so gänzlich ohne stulle überbrückt wird. es könnte angehen, die dem ehemaligen schimmel entfernteste stulle aus der schachtel hinauszugreifen und gedankenlos zu verdrücken. also wird die zuunterste schnitte zutagegefördert und sachlich eingeschätzt. es gilt hier zunächst die frage zu stellen, ob in dieser grindigen käseschnitte schon der schimmelheinrich wütet. gesetzt nämlich den fall, in diesem grindigen käsebrot haust der schimmel unansehnlich, wird das brot vom käse entfernt und allein der käse könnte nunmehr eine gaumenfreude sein. gesetzt aber, der triefende käse ist selber schon besetzt von moder und pilzbefall, von verwesung fäulnis und schwamm, und fäule und zersetzung löst seinen staatenbund auf, und weißer schimmel schimmel schimmel überschwemmt das käsige gelb, dann und dann nur kann die begehrte verrottung nicht in den gelben apfel gedrungen sein und den verbliebenen rest.

es gibt ein wort, dessen lexikalische bedeutung ich immer wieder vergesse vergessen habe. dieses wort heißt *mimikry*. um die lexikalische bedeutung dieses wortes in zukunft nie mehr vergessen zu müssen, schreibe ich jetzt die lexikalische auslegung dieses wortes auf. dieses wort heißt *mimikry*.

die lexikalische auslegung dieses wortes lautetbedeutet „schützende Nachahmung (in Farbe od. Gestalt) von Gegenständen der Umwelt od. von wehrhaften Tieren durch wehrlose; [fig.] Anpassung, Schutzfärbung."

mir gefällt dieses wort ausgesprochen sehr. die lexikalische bedeutungsauslegung dieses wortes gefällt mir nicht so gut.

am liebsten nämlich würde *mimikry* stechmücke heißen. *stechmücke* hingegen ist ein wort, das ich schon oft zu spüren bekommen habe. *stechmücke* ist laut lexikon bekanntlich „Angehörige einer Familie der Mücken, deren Weibchen mit einem Stechrüssel Blut saugen."

das betrifft mich.

ausgesprochen todschick wenig nicht sogar ausgezeichnet könnte es sein, wenn *mimikry* stechmücke und *stechmücke* mimikry hieße. dann nämlich wäre *stechmücke* die schützende nachahmung (in farbe od. gestalt) von gegenständen der umwelt od. von wehrhaften tieren durch wehrlose; [fig.] anpassung, schutzfärbung. und *mimikry* wäre angehörige einer familie der mücken, deren weibchen mit einem stechrüssel blut saugen. und letzteres wäre zusätzlich viel persönlicher.

mit Namen, glaube ich, sagt ein philosoph, glaube ich, zimmern wir keine Fächer in unsere Seelen, sagt, glaube ich, herder, glaube ich, steht in einem buch von helmut eisendle, weiß ich nämlich, das er „allen meinen verlorenen Freunden zugeeignet" hat, glaube ich nicht, in einem buch also, das, ich erinnere mich und habe das extra normal nachgeschlagennachgelesen, das mit dem satz zu ende geht „Eine Phantasie ist zu Ende", glaube ich, also der letzte satz dieses buches lautet wörtlich: „Eine Phantasie ist zu Ende".

mimikry aber ist eine weibliche angehörige einer familie der mücken, die mit einem blechrüssel saugt. und persönlich kann ich hinzufügen, daß mir die sachlage der zustand die ruhezustandserforschung jetzt viel persönlicher ist. ich glaube aber, weiß ich, daß ruhezustandserforschung im nachhinein das falsche wort ist, meine ich, es soll ungenauigkeitsabwehr heißen. und somit hat der herder ein unrecht, weil *mimikry* sehr wohl ein name ist, der ein fach in meine seele gezimmert hat. das ist einfach gesagt, ich weiß, aber ich kann halt keine ordnung halten. ich habe einen namen, meinetwegen in meiner seele einen namen, der ein wort ist, und ich kann die figur kontur nicht entziffern, die dahintersteckt. wer also steckt hinter *mimikry*, frage ich jetzt mal erbost. ich weiß nicht was soll es bedeutern. ich weiß sehr wohl was soll es bedeutern.

hinter *mimikry* steckt irgendeine weibliche stechmücke, die einen stechrüssel hat und blut saugt. bei aller liebe ist das ungehörig, daß eine weibliche stechmücke einen stechrüssel hat und blut saugt!

es kann also passieren, daß ich plötzlich die welt auf einmal nicht mehr verstehe. daß ich also eine zigarette rauche und gleichzeitig steht auf der verpackung, daß rauchen die gesundheit gefährdet. wo liegt der fehler, habe ich mich gewissenhaft mehrmals oft direkt gefragt, woher wissen wir das nicht.

stechmücke ist also die schützende nachahmung von wehrhaften tieren durch wehrlose. und das ist an sich ein dicker hund.

kleinere bemerkungen so am nachtmittag

gehetztsein des menschen als tier kann ich nun zu mann und frau, den flügeln der wirtschaft, maßlose bestimmtheiten anfügen, die von zeitgemäßem interesse sind. über sie weiß ich überhaupt nichts. über ihn ist folgendes zu sagen. er schlendert so dahin. hemd und hose. zeitung in der hand. er ist heute einen tag älter als gestern. ob er das bemerkt haben wird. er verschwindet jetzt aus dem gesicht. die straße ist nunmehr unbevölkert. parkende autos fahrendes volk. das läuten der glocken. das blühen der bäume. jemand geht mal so irgendwohin. er bewegt seine beine. er geht alleine. mit seinen beinen ist er allein. eine alte frau putzt sich die nase. der junge mann fährt das auto. er öffnet der jungen frau die tür. bereitwillig. eine familie spaziert vorbei. es ist noch nicht der mann, den wir erwarten werden. ein junge überquert die straße und stolpert. beim überqueren der straße stolpert der junge also, wissen wir jetzt. viel volk unterwegs. eine frau verläßt ihr haus und grüßt. das stört den erzähler. der erzähler ist auch allein. er hat die erzählerin verabschiedet. heute ist ein schöner tag. trotz des wetters ist heute ein schöner tag. auch das wetter ist aber schön. es wäre schön, in den park zu gehen. noch schöner wäre es, den luitpoldpark zu besuchen, um dort die beine zu bewegen. also ins grüne und spazieren. jetzt ist die sonne weg. auch das noch, denkt der erzähler. erzählerin verabschiedet, sonne weg. das kleine kind ist vor ungefähr drei jahren gezeugt worden. es steht mittlerweile auf eigenen beinen und freut sich. der hund neben dem kind dürfte nicht viel älter sein als das kind. jetzt läuft der hund vor dem kind. so hin und her. ein anderer junge hört musik aus einem gerät, dessen technische errungenschaft der erzähler nicht versteht. es ist aber nicht die aufgabe des erzählers, geringzuschätzen. ich bin nicht der erzähler, wenn ich gefragt werde. aber das sagt sich so leicht. viel volk ist unterwegs. es ist ein anderes volk als vor wenigen minuten. deshalb verdient dieses volk eine besondere erwähnung. es wird sich namentlich hier nicht wiedererkennen können. wiedererkennen ist ohnehin schrecklich. der neugeborenennotarztdienst ist nicht im einsatz. eine kleine spazierfahrt durch menschenruhige straßen, weil heute sonntag ist. das dienstauto ist rot. es ist soeben vorbeigefahren.

der erzähler macht es sich nun bequem. er sitzt behaglich in einem roten stuhl gegen die natur gelehnt. die natur ist eigentlich nicht seine sache. er öffnet seine hose und trinkt eine tasse kaffee. aus einer weißen tasse entnehmen seine lippen schwarzen kaffee. seine roten lippen antworten der entstellten natur. er denkt sich eine geschichte aus, wo auf den glattrasierten schädel eines mannes zeit für zeit ein tropfen wasser fällt. im hintergrund ermuntern die kerzen hell den tannenbaum. der mann ist der vollkommene untertan. sie haben ihn mitten aus seinem wort geholt. der erzähler hat jetzt keine lust mehr, diese geschichte zuende zu denken. vielmehr der heiße kaffee, frischluft, gehetztsein, die straße, viel volk.

zwei wagen fahren aufeinander zu. sie kommen durch die starke berührung ihrer räume prompt zum stehen. vielleicht ist er früher tot gewesen als sie. darüber wissen wir nichts. an diesem nachmittag hat sich nichts ereignet als ein jäher tod. ein mensch ohne arbeit ist kein mensch. an diesem tag ist nicht gearbeitet worden. ziellos schlendert alles dahin. auch der erzähler schlendert. er schlendert im sitzen. er hat nichts zu tun. und das ist doch schon allerhand. das ist allerhand.

plötzlich stop. plötzlich ein tumor im kopf. so ein geburtsfehler vielleicht, und der kopftumorinhaber denkt, die geburt selbst ist ein fehler, wenn er noch denken kann, der kopfinhaber. realität liefert einen kräftigen stoff. und dann das nicht helfende. und dann der rettende ausblick über großhadern, den kopfrand des klinikmonsters, so über die betonglatze des volksmundigen toasters hinweg. untergang der sonne pünktlich wie es geschrieben steht. streut er oder hockt er da so bloß, steckt er da in meiner altersfürsorge? kommt er gänzlich raus so ohne rest oder trübt er das glashaus ein das einen sogenannten freien blick gewährt. ist er ein schmierfink? stört er die sprache oder findet sprache keinen anschluß kein befinden? was ist pausenlos vergangen bis plötzlich *jetzt* ist. daß da plötzlich die lippen blau waren und die haut eine leinwand und ein starren eine unterbrechung. wie da in allem der tod arbeitet, sagt francis bacon, fasziniere ihn, sagte bacon. daß da *das* da es sei, das ihn umdenken umleben lasse, freilasse, zum ersten mal an das absolvierte zurückgelegte weggetauchte erinnere, habe er doch schon tausendmal von diesem zurückgelegten aufgespindelten erzählt, das mache ihn traurig, daß da jetzt, wo ein plötzlicher stop sei, daß er das so vor die wand gestellt herunterspulen herunterspülen müsse als wortfindungsstörung als freischwimmerexamen und testkomma, ob da vielleicht hinterm schläfenlappen nicht nur ein tumor sondern ein lebendiges entfernen stattfinde, ein zerhacken plombieren öffnen der ichzentrale, sagt er ganz schnell hintereinander obwohl

daß er doch doch ein einfacher mensch sei, ein anfänger erst, ein beginner zurechtfinder hilfsbereiter mensch, der ja einmal nur so im sattel so vor sich hin sitzt, ob ihm auch das ichsagen schmecke, daß er das ja erst einmal nur testen wollte, und dann plötzlich *sowas*, so ein kranksein bei bestem befinden bei halbseitigem bedenken, nur müsse man ihm zeit lassen, dieses wörtlich *unvermittelte* diagnosendasein auf fünf zetteln zu ordnen, könne ja auch sein, daß er mit diesem klischeebefund nicht einverstanden sei, daß es bei ihm *anders* sei und zwar wolle er gerne in die ordnung stoßen und zwar vorstoßen wenn es denn so dringend sei, in die gänge kommen, in die *gärung*, wenn es denn so plötzlich sei so unvermutet und ist denn der irrtum nicht auf meiner seite, fragt er, unterbricht er sich, sind denn die lösungsmittel röntgenkatheter richtig oder unbeirrt, die zellentnahmen *biopsien*, schießt er aufgeregt los, ist das denn endlich die zeit, von zeit zu reden, eine geregelte sprache zu suchen und in ihr sich zu unterhalten zu bedeuten zu vermitteln? was zunächst ein *schlaganfall* hieß, dann eine *kavernom-* und gleichzeitig, dahinter, tumorprognostik, die sich spintomographisch erhärtet, möglicherweise aber auch ein *geburtsfehler* nur, er selbst beschreibt es als *schlagfluß* plötzlich wie ein sperma, das sich durch die röhre ergießt, so ein kühl geflossenes etwas, so etwas kühles im gehirn oder warmes, das sich anfallsartig dann entlädt, rausschießt, wird nach dem aufsägen des kopfes vorne rechts am schläfenlappen *entfernt*, das kavernom, die sogenannte *gefäßmißbildung*, während man den nicht zu ortenden oder gar nicht vorhandenen tumor durch zellentnahmen erst einmal überprüfen klarstellen oder verneinen will.

und jetzt plötzlich also, nachdem die entnommenen zellen andernorts einem genauesten kontrastverfahren unterzogen worden sind, leuchtspur und verrat, ein niedergradig malignes *tumorgesprenge*, das ein nochmaliges öffnen des kopfes veranlaßt bedeutet, während zuvor die normale arbeit weitergeht. hieß es also zunächst noch entlassung und alles weitere gute, muß jetzt vielmehr dieselbe kopfstelle aufgebrochen und hoffentlich auch bereinigt werden.

er gibt jetzt keine prognosen mehr ab, sagt er, und daß er wiederkommt, sagt er auch.

da liegt'n fleck blut. frag ich Euch mal, wie der da so hinkommt. der kommt aus mir. ich hab' mich nämlich soeben mal umgebracht. frag ich Euch, wieso. weil mir darnach war. frag ich Euch, warum es hier so aufgeräumt ist. sag ich Euch klammheimlich mal, daß es was zu feiern gab. nämlich endlich liegt sie neben mir. und zwar ausdrücklich still ganz. ich hab' sie nämlich umgebracht. frag ich Euch jetzt, warum wir dann ein gläschen tee zusammen trinken. so kam es nämlich: wir lieben uns. und wir sehen gerne fern. ich will mal so sagen: es war schon spät. und dann kam der fleck wie gerufen. zuerst war er blind, dann im vorschulalter. wie junge mäuse. und dann fing das mit dem schluckauf ja an. und dann hat sie sich immer rumgedreht. wie eine katze. das ging so eine stunde. bis zum programmschluß. frag ich Euch mal, ob das kein harter winter ist. draußen mond und sonne draußen. so einfach das ist. einmal in zwei wochen wird müll abgeführt. geboren bin ich ja im krankenhaus. und da liegt sie jetzt. frag ich Euch, war das denn nötig, so mit handschellen und so? der fleck kommt also von der Berittenen. von der seilschaft. und zwar habe ich mich da oben aufgehängt. wenn Sie näher treten wollen, da sehen Sie's.

sie war die meine geliebte. das reicht doch wohl. sie hat, als ich auf der welt war, den krieg auch nicht erlebt. wenn es nicht schon dunkel wäre, könnte ich sie tagebuch nennen. der briefkasten war leer. sehr lehrreich. und da ich pleite war, in hamburg sagt man „dalles", kuckte ich fern. da saß sie also neben mir. ruft an, und sagt, „hallo liebling". aber nichtsdestoweniger, da ist der fleck. ich bin überzeugt, daß dieses blut schon vor ihr da war. jedenfalls hat sie sich nicht geschämt, freundlich zu sein. war sie denn freundlich? sie hat ihn nämlich umgebracht. das ist der ganze haufen. dann hab' ich umgeschaltet, und als ich wiederkam, war der teppich rot. ich verrohe, sagte sie.

jedenfalls hat sie lecker gekocht, und wir haben alles aufgegessen. wir? ich habe nicht ungestört essen können. es gab da nämlich einen mitesser. einladungshalber. der ist also erschienen und hat mitgegessen. bis alles auf war. wachtel lachs und lecker feldsalat. entenbrust drin und pilze mit soße. eis mit schlag nach tisch und kaffee. dann ist er umgefallen. hat nicht lange gedauert, da war er tot. ja, und was soll ich lange sagen, der liegt jetzt unter der gartenerde. nette nachbarn stört das nicht. aha, ein himmelsgrollen. erdkralle hand, dich werd' ich jetzt unschuldigen. oder umschulen? du ahnst es nicht, da klingelt an der wohnungsglocke an dem haustürklopfer klopft der neue gast. woher der flecken blut denn stamme. lieber kommissar stummvoll, entsage ich, das weiß er selber am besten. soeben hat man zu dritt gespiesen, und vorher war er auch schon da. da steht der kommissar und staunt den flecken an. vielleicht moderne kunst, belandläufige ich. ja, moderndes, notiert die feder, macht kehre, sozusagen willkomm und abschied, tür ins schloß mit ernst, türschüß, wird hören wird hören.

sie ist ausnahmslos eine kochkünstlerin. sie kocht für alle, jeder verdaut für sich allein. auch meine frau ist sehr angetan mit ihr. jetzt, da die köchin tot ist, werden wir sie entlassen müssen. und da sie nicht gehen wollte, haben wir der köchin eins über die rübe gehauen. versaut das aas doch den teppich und verabschiedet sich. läßt uns mit trauer und teppich allein. das schönste aber ist, na sag schon, olga oder auch maria haben mich früher schon verlassen als diese lachs- und wachtelkönigin. und bevor ich das grande finale einreiche, möchte ich eine huldigung an meine lieblingswörter aussprechen: JETZT NUN ALS UND SO ZUMBEISPIEL sind meine favoriten. gewiß, ich rauche zuviel. auch möcht' ich meine zurückgebliebenen grüßen. peter ist ein guter freund und valeri auch. und alles entspricht den tatsachen. wenn Sie näher treten möchten, da sehen Sie's.

und draußen dröhnt die regenwalze.

mutterliebe

I

dann zog ich die strümpfe meiner mutter an, und stellte mich tot.

aha, ein ergiebiges thema, wollen mal sehen, wie sich das verwickelt.

augenblick noch, da läuft eine masche. also, wenn ich die überholt habe, kanns losgehen.

II

ein chemiker, der umziehen wollte, hatte zwei kinder. von denen war der eine ein kleiner bube und der andere auch. als beider dann vorne im lastwagen saßen, standen auf der weide ein pferd, weil das andere am tag zuvor gestorben war.

hast du das gesehen, fragte der eine lümmel das andere kind, da weidet ein pferd.

das befragte nickte, zaugte an der zigarette seiner mutter, die schon gestorben war wegen zigaretten, und blies eine satte mahlzeit durch den raum: zwar habe ich diesen wallach gesehen, doch war es mir peinlich, das zu sagen, prahlte das männlein.

seitdem hat auch seine mutter ihn geliebt.

III

mein vater war zeitlebens mann. auch auf den zentnerschweren fotografien ist nichts gegenteiliges nachzuweisen gewesen worden. auch meine mutter hat ihren mann gestanden. sie war sozusagen atlantisch veranlagt. eine charakterstärke, die heutzutage zu verglühen droht.

gestärkten hemdes rollte mein vater jeden morgen, den er werden ließ, indem er das haus verließ, aufs amt. da hat er nämlich gewohnt. und weil meine mutter das gewohnt war, kam sie kaum vor die tür. schuld daran waren die kinder. mit vollelend des ersten geburtsdatums mußte ich selbstverständlich krawatte tragen. bis auf die zähne bewaffnet hatte ich das haus vor den kaninchen zu hüten, die immer die astern fraßen, die vor dem haus den gästen ein anständiger willkommensgruß.

mein vater war stadtoberhaupt und meine mutter kopflos seitdem. zum gebären hats ja gerade noch gereicht, wie man sieht; so dachte ich, hat mein vater wohl gedacht. das decken hatte sich also gelohnt. richtig zugedeckt hat mich aber nur die mutter, damit das hier mal klar wird.

jahre später, da ich selber als kind betrachtet werden wollte, hieß es am telefon: alles in ordnung, mutter hat ihren wein getrunken und schläft, die steuern sind erledigt, die kinderkaiser liegen starr im keller. na, wenn das kein gutes ende ist. dabei hätte ich fast vergessen, von meinem vater zu berichten. der hatte nämlich zwei sekretärinnen, meine mutter zuhause aber nur einen sekretär, auf dem sie immer briefe schrieb an meinen vater, der wohnte bekanntlich im amt. was war seine aufgabe im amt? eine berechtigte frage. er war abschreibungsgelehrter. er hat ohne aufgabe die familie abzuschreiben gelernt. ich habe ihm das nie übel nehmen können, weil ich seit meinem kindbett das irreparable fieber hatte. ich war sozusagen schlecht von natur aus.

will ich hier auf meine mutter zurückkommen, wäre wohl ein neuer „idiot der familie“ fällig. die sprache erzog ich mir zum seismografen, so wie männer ihre eierwärmer haben. und das kam deshalb: mit einigen jahren zog ich aufs dach der elterlichen wohnung, weil mich ihr krach bei diesen meinen träumen verhütete. ich dachte noch außer mir, bei diesem gezanke ist kein ordentlicher sturz zu planen, als vater neben mir im geländer erschien, als ich bereits die steinerne treppe hinauf eine handvoll stufen, die heilige maria wurde soeben von herodes belästigt, da hatte ich das blitzen vor augen, das kam mir umwerfend komisch zu angesicht, da hatte ich auch schon den zwang zur vorstellung, grimassen, schnuten und fratzen, passen Sie doch jetzt mal auf, das treffe ich nie, was mir immer diesen endogenen wind durchs gehirn verschafft, und dem alten eins in den beamtenladen geschengelt.

aber das wird ja viel zu persönlich hier, das wäre erledigt.

mit siebzig jahren bekam ich einen gleichaltrigen haustürschlüssel, der paßte auf kein anderes haus. sooft ich auch die nachwelt belästigte, hausieren ist und bleibt verboten. ich besuche noch selten das haus, in dessen garten ich meinen ersten ständer hatte, mutters wäscheständer. weggepflügt wie das lachen der lippen, als ich vaters taschenuhr ramponierte: die ging wirklich pünktlich.

die vorhänge meines zimmers waren rot, wie auch die astern von den hasen gefressen wurden. trete ich vor das haus meiner kinderscheit, sage ich immer:

karnickel karnickel, du zerstörst eine legende.

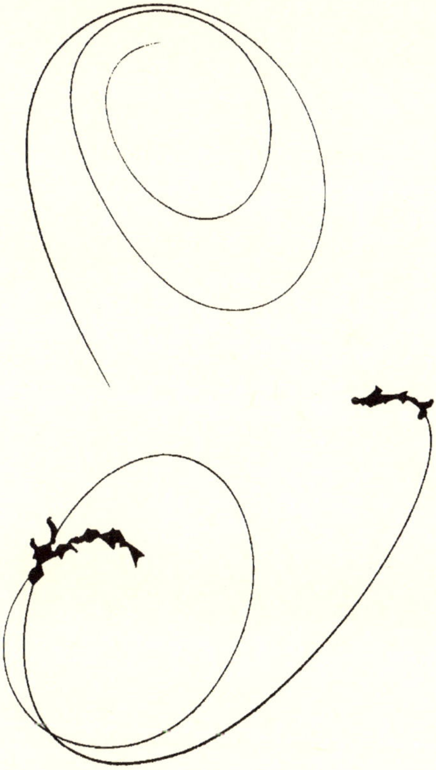

neulich habe ich meinen joghurt wiedergesehen. er hat in einem auto gesessen. nicht, daß ich sogleich umzufallen drohte. ich war ja schon immer ein fanatischer joghurtmensch. aber mein joghurt mochte mich nicht. stellen Sie doch bitte nicht so dumme fragen. ausgeblieben ist er die ganze nacht. ohne auf seinen verfall zu achten. damit ich ihn nicht mehr essen kann. das werden wir gleich schon haben, meine kleine blaubeerpracht, dachte ich, und kaufte einen neuen. der aber verdarb meinen magen. tags darauf kam er hereinspaziert und hat gelacht, weil ich ins zimmer erbrochen hatte.

dir werd ichs zeigen und schlug auf ihn ein, fruchtlos, wie sichs zeigen wird.

anderen tags durch die stadt spaziert, da hat er in einem geschäft gestanden und die zunge rausgestreckt. eiligen fußes in den laden und zornig gewesen. da ist er ins regal und hat sich unkenntlich gemacht. ich drohte, den vorrat aufzukaufen, keinen pfennig aber in den löchrigen taschen meiner hose, da hat er sich durchs lachen verraten. ein anschließendes freundliches gespräch mit dieser verkäuferin, dergegenüber ich höchst verlegen war, gab ihm die gelegenheit zur flucht. bei rot über die straße, der klägliche rest monatsgeld war weg, da bin ich kleinlaut nach hause ins bett und habe fröhlich verhungern wollen. in der nacht hat er dann an die tür geklopft, gesenkten kopfes ist er hinein, und sagte kein einziges wort. am stempel erkannte ich sogleich, daß er bereits verfallen war.

säuerlicher geruch machte sich in meinem zimmer breit.

es ist nicht zu fassen, daß du dennoch gekommen bist.

ich habe schimmel angesetzt, ein lästiges gewächs, das meinen deckel sprengen will.

ich werde dich in die toilette spülen müssen.

bin jedoch direkt in mein bett und müde eingeschlafen.

der morgen war heiß und trocken, die sonne hat mein fenster gesprengt, der üble geruch, die saure luft hatte in der nacht schon überhand genommen, schimmel kroch die wände entlang, bedeckte parkett und fensterglas, wucherte aus küche und bad, mein kleines zimmer war eingeschlossen, der schimmel bildete dünne blasen, die hin und wieder zaghaft zerplatzten. kommen und gehen.

ich ging hinüber zum bad und schaltete das radio ein. ich war ja schon immer ein fanatischer radiomensch. ich erhoffte eine meldung über die grausame schimmelflut. sekunden, aber kein einziges geräusch. ich werde das einzige schimmelopfer gewesen sein. also gut, dachte ich, wir werden ein wenig schwätzen müssen, mein schimmel und ich. der brillenrand meiner verehrten toilette war grünlich blau gefärbt, eine gelungene aussaat meines hoffnungsfrohen untermieters. vereinzelt schauten blaubeerkugeln unterm bett hervor, garstige bewohner hingen von der decke herab.

kehre und abschied, habe ich sogleich gedacht.

zum fenster hinaus, flüsterte jemand in meinem kopf.

das feiste grinsen dieser munteren blasen, ihr unerhörtes reden, da bin ich sprachlos gewesen, da bin ich endlich zur tür hinaus, da bin ich endlich die treppe hinunter einige stufen nur, glücklich zum stehen gekommen bin ich ja nie, herumgedreht meinen körper nach wenigen schritten, da bin ich wieder die treppe hinauf, mutig wieder zur tür hinein, der schimmel hat verwundert geschaut, denn sehen konnte er ja, wenn auch nicht hören.

es war vierundzwanzig uhr. ich bin in die mitte des raumes, da war eine stimme zu vernehmen, das war die stimme des herrn. das radio übertrug den herrn, der sprach:

„es ist vierundzwanzig uhr. Sie hören keine nachrichten. Sie hören gar nichts. in zukunft werden Sie vierundzwanzig stunden damit zubringen, keine nachrichten zu hören. gar nichts hören Sie. Sie werden ewig Ihr wiegenlied singen. Sie werden sich mit der frage beschäftigen, warum gibt es eher Etwas als Nichts?"

und ich habe laut gesungen, und ich sang:

„über allen gipfeln steht eine kuh
warte mein kleiner warte bald muhst auch du."

was ist das denn? keineswegs, daß ich den schimmel hätte beeindrucken können. ich glaube gar, er hat englisch gesprochen. er war ja überdies außerordentlich vornehm. eine schillernde erscheinung! anmut und würde! übrigens hat er sich zu einem ungewöhnlich großen teil in mein kleines bett gelegt und schnarcht bereits. außerdem scheint mir, er kötzelt. was heißt „kultur“, habe ich gedacht. die rettung deutschlands liegt in deinem bett. in unverschämter weise hat sie aufgerüstet. sie hält meine strategischen waffen besetzt. sie triumphiert bereits. ich habe keinen anspruch auf meinen schimmel mehr, dachte ich. ich werde jetzt meine sachen packen. die große schlappe. am folgenden tag, koffer für koffer entschlossen gepackt, habe ich eine probe meines verehrten schimmels ins parlament geschickt. der kanzler hat sich sogleich zum rücktritt genötigt gesehen. ein billiges ende, ein glückliches ende, hat das parlament gelacht. von nun an herrscht Seine majästät, der schimmel. da endlich bin ich zurück ins bett und habe alle lichter gelöscht.

rundheraus zwölfter sechster vierundneunzig

der zwölfte sechste vierundneunzig ist ein glücklicher tag. SECHZIG oben dabei und zwar da wo ganz oben ist, FORTUNA nicht durch den abfluß gespült köln.
ich dann abends zur straßenschänke, unschlüssig. helles oder weizen? bis zum zwölften sechsten vierundneunzig weizengeprüft, schwenkte ich schließlich zum hellen ein. gewissensentscheid.
stehausschank.
klingel.
klingeln.
angeständigkeit.
hinweis von blasengedrücktem insassen, wirt besoffen, möge doch an den tresen, bier vornweg bestellen.
alles einfach, wirt bestellung bier. armbeuge vornrum, bier durch den durchlaß. zahlen, nach hause heimwärts geschlüpft. ein knaller, der zwölfte sechste vierundneunzig ist ein glücklicher tag. SECHZIG im oberhaus, FORTUNA nicht durch den abfluß gespült köln.
kein mitmensch, dem das aufgefallen wäre, zwölfter sechster vierundneunzig, ein glücklicher tag? so mit der biertasche schwenken, so mit allen drin, so mit der biertasche schwenken. fällt mir günter bruno ein: „det pissrige bier hättste nich trinken könn ohne die alten“ oder so ähnlich. war aber nix mit alten, nur so vornübergebeugt, so pissrig. vorne kommt einer, den wir mal befragen werden. „der zwölfte sechste vierundneunzig ist ein glücklicher tag. SECHZIG oben dabei und zwar da wo ganz oben ist, FORTUNA nicht durch den abfluß gespült köln.“
fressegehauen, bayernfan.
da's ein glücklicher tag ist, spürest du kaum einen schmerz. gebiß gewiss. das bier ist hin! plastiktüte bürgersteig. gefallen bist du nicht, also wirst du dich auch nicht nach der scherbenlache bücken. geprüften gebisses zum wirte zurück.
holzvertäfelte wirtshausschänke. auch hier hat die frauenbefreiung einzug gehalten: es gibt sogar eine „damen“toilette. rechts der wirtsraum. geradeaus die straßenschänke. links neben dem durchlaß besagtbetätigte straßenschänkenklingel.

rechts neben dem durchlaß ein gelbes verblaßtes plakat:

deutsch-amerikanische wanderfreundschaft. achtung! es werden keine neuen wanderpokale verliehen. die wanderpokale des letzten jahres sind auch dieses jahr noch zu erwandern. (war wohl letztes jahr nicht gerade eine völkerwanderung.) mehrmalige klingelattacke, richtig, wirt besoffen, vorne am tresen bestellen. gaststube bierstube trinkhalle dunstloch aufgestemmt, und siehe da, da liegt der wirt kopfüber auf dem tresen. fast. konnte eben nicht kommen, sagt er, mußte noch mein bier austrinken, sonst wär mir die krone *zsammfallen.* verstehe. sieben helle bitte, zum mitnehmen. der wirt räumt sich auf, rudert sportlich mit den armen (klingt das nicht ein wenig nach caritas?), und – jawohl, es ist kein leichtes, mit den füßen den boden zu berühren – findet endlich mutter erde festen tritt. meine frau ist heute krank, erzählt er, da muß ich erst mal in den keller nachschaun, ob da noch ein bier ist ein helles, ein kalt's hammer nämlich nicht mehr hier droben. kaltz? Manni Kaltz? schon war er weg. heut isser a bisserl langsam, sagt so ein dicker im bayerntrikot, ohne die frau läuft hier gar nichts, selbst kassieren vergißt der.

vorsichtig schwenkender blick in die runde, die mannschaft scheint vollzählig, so scheint es: vorne mit der nummer 10 der lothar, genannt „lodda", daneben mit der nummer 1 noch der raimund, bruno erkenn ich am erwartungsfrohen stürmerblick so vis-à-vis à la kölner dom, den rest kenn ich auswendig nicht.

halloo!, da ist der wirt. wuchtet einen träger flaschen auf den tresentisch. leider nur e x p o r t, aber ist ja auch bier, versichert er sichtlich enttäuscht. muß man aber erstmal in den kühlschrank stellen, ist noch nicht trinkkalt.

alle achtung, denke ich zu mir, der mann hat t r i n k k a l t gesagt; trinkkalt, eine riesige wortfindung, und beschloß, dem wirt ein ewiges angedenken im herzen wachsen zu lassen.

trinkkalt. und raus mit dem export. e x p o r t klingt wie schlager. h a c k e r e x p o r t: klingt wie ein computerschlager. jedenfalls ein hit, wie sich herausfinden sollte.

ich hab ja früher ausschließlich löwenbräu getrunken und zwar ausschließlich aus der dose, weil das löwenbräudosenblau mich farblich an den rand der fassung brachte, aber das waren noch zeiten, als ich in der fürstenrieder wohnte, heute trinke ich ja fast ausschließlich hacker weizen, was keine reklame ist, aber ich sage euch, leute, das ist ein echter rachenschlager; und da hatte ich also meine sieben export und die habe ich sicher nach hause gebracht und die habe ich dann einer nach dem anderen entsiegelt gedeckelt geköpft während oder gleichzeitig im fernsehen der lorant in halle saß beim kürten dieter und mir ja schon vorher ganz klar war, daß hamburgisch hafenviertel in wolfsburg zwischen die zähne kommt: die haben ihre hosen voller als das trikot braun ist, sagte der fernsehreporter, was bei aller liebe eine frechheit ist, und lorant kußhändchen hinaus aus der hallenser halle – rückblick eins null Sechziger meppen in meppen und zwar ohne störzenhofecker (ein *name* den man sich merken muß; *muß man das?*) und für viele menschen in diesem an sehenswürdigkeiten reichen lande – loreley höhe koblenz bingen rhein, porta nigra altertum trier, kriegsgräber bitburgeifel soviel das herz begehrt – wars ein glücklicher zwölfter sechster vierundneunzig und auch für mich, der ich betonen möchte, der zwölfte sechste vierundneunzig ist ein glücklicher tag, war's das, auch wenn das hier kein glückliches ende ist.

maltesischer erntedank

jetzt mal ein hartes stück fleischprosa, das auf dem teller liegt und zusätzlich grün schimmert und zusätzlich gefrierbrand hat und zusätzlich auch noch schwitzt, und nicht zuletzt sogar sitzt obenauf die sattsam fleischige fliege mit borstigen haaren, die soeben frischverdaute fettpartikel aus ihrem after pumpt und zwar sämig auf die filetierte oberfläche, die bekanntlich tief ist.
sollen wir das essen, einverleiben und entlassen, so daß es über kanäle ratten wieder auf den teller frömmt spaziert, daß es auf dem teller liegt und berochen besprochen erbrochen und daß es interessant sei, daß es kleiner und kleiner, daß es verschwindet und ableicht fermentiert?
nein, mach ich nicht, spiel ich nicht mit, soll heißen wie es heißt und schmecken wie es dreinblickt riecht und nachgesagt nicht runter und unterzukriegen nicht ist, so könnte das berühmte essen verstreichen.
und soll es das nicht, soll also abgerechnet runtergetümmelt abverdaut ab stilbruch pfanne öl, soll es neu gewürzt und frischspaliert, soll heißen als melange oder tagesgericht, dann aber stillgestanden ausgehalten und den pfennigfuchser nervenmischer drauf! nutzt nichts, also ess ich nicht, tischtuch runter stühle gekippt firmling trinkt den klaren im geliehenen frack der paßte der aussetzt der macht das nicht, der läßt sich mal den chefkoch kommen. chefkoch kommt auch plötzlich in fremder sprache, erklärt in wolliger zunge das gebotene sondern und sagt das hier sähe hier immer so aus und rieche immer so. soviel wir verstehen essen wir nicht. die hinzubestellte salatgarnitur macht das ganze längst nicht mehr mit, sondern ist vom saft der rinderlende gänzlich durchtränkt und naß. so mal untergetauchte ins fett gedrückte kartoffelscheiben bedürfen allem anschein der beruhigenden erklärung, sie sähen hier immer so aus und riechten immer so. während auf der rinderlende oder wenn das hier ein knochen ist ein kotelett die wohlbekannte fliege wütet und von minute zu minute mit dem dasein ringt, lauscht der unterschätzte koch einer ihn überragenden unterhaltungsmusik. aus der küche weht ein grauer wind, im winde flattert die tür, ein gast prüft schüchtern die tageskarte, ein hund läuft

prompt hinein und hinaus, ein ventilator, ein kassenbon, die dame entfernt aus der spitze den zigarettenrest und lüftet den hut, da wird es wohl erlaubt sein, daß wir nochmal das fleisch beschauen, die fliege verjagen und das rad der geschichte weiterdrehen. spinnen. von rechts wo du sitzt über tisch und tellerrand mit allerhand beinen ein lustiges pärchen geschwind übern tisch und übern tellerrand auf das lendenstück und dort die zurückgekehrte fliege erblickt beim saugen und pumpen und sägen, jetzt wird sie eingekreist und vürwärts wie hinten gemustert belagert, da sehen wir schön das weiße kreuz auf dem rücken der araneus, das pärchen greift an, packt zu, die lende droht bald ein lazarett zu sein, denn unsere fliege hat sich kreuzdumm und lahm im dschungel der lende verfangen und klebt nun himmelaufwärts strebend mit den hintersten beinchen im sumpf des toten rindes fest. hat die fliege vom rind gefressen und wieder aufs rind verdaut, das einst glücklich auf einem hügel einer weide gras gefressen und wieder aufs gras verdaut, das einst glücklich auf einem hügel einer weide sonnenlicht gesaugt und elemente aus der erde gezogen, kommt nun das spinnenpaar und will die fliege durch giftbiß töten, als nahrungspäckchen erdrosseln, übern tellerrand und übern tisch zu ihrem ruhesitz verschleppen, wo bekanntlich das aussaugen beginnt. nichts da! was nämlich ist an einer fliege auszusetzen, die ihren rüssel ihre nase zwischen die muskelfasern die trockengrauen furchen der lende steckt und den vorkoster macht. daß sie aber auf den von aller natur verlassenen kadaver kotet während sie frißt und saugt, daß sie ein rinnsal kot zwischen die ausgedörrten furchen setzt und diesen kreislauf von fressen und saugen und koten niemals unterbricht, das kommt dem fortgejagten spinnenpaar zuvor und macht die hand aufs filetierte graufleisch sausen, das macht die fliege tot und gräbt ihr ehemaliges gehäuse samt federn und tastorgan in die trostlose sieche der lende. aus der fliege tritt der körpersaft. rinderlendensaft salatsaft körpersaft, wer will das unterscheiden. der kreislauf jedenfalls ist wieder hergestellt, die fliege, das rind, das gras, der mensch, da brauchen wir die spinne nicht. und die rinde des rindes, die lende, das filet? wird das irgendwo gebraucht? wird das jetzt ins maul befördert vom gaumen gedrückt und in den schlund gewürgt? wird das dauernd nur so angesehen so abgehorcht?

in la valetta kam uns sage und schreibe nämlich also zu augen und ohr ein hinausgeschnittenes stück lende von rind mit welkem salat garniert und schwülen fritten umrankt, schwamm das ganze ensemble in tellerschmiere von spüle und thronenden resten von früheren gästen.

saharakörner sand schmiergelten zähne und sohlen der unfall mittelmeer jubelte fünfzehn grad da war ein abtauchen kühlenehmen zum erfrieren peinlich.

plötzlich harndrang. entlang einer grüngekachelten wand führt eine treppe ins pissoir. die urinschüssel ist randvoll zugepißt. pisse ist immer international. im ventilator spinnenstaub wie eine herunterhängende mal soeben abgelegte matte wie eine tropfende wabe ein zerfressenes hemd. ihnen gibt die propellermaschine den letzten rest, wofür sie jahre braucht. tabakgelbe fliesenwand. einziger zierat jene verästelten rostwasserflecken, die konsequent zu boden gehen. diesseits und jenseits nämlich allerorten. das dunstloch gewährt eine feine brise, schleifen des propellers, aufstoßende spülung, hosenstall. grüngekachelte wand, stufen. rumpelnder stuhl übers fliesenparkett. tagesmenü.

wie zart umspielt diese lustige laus soeben ein in der tunke versunkenes blatt, dessen adern rot und blaß von meiner die gabel führenden hand nie und nimmer zu unterscheiden sind.

die forke sticht in see. das blatt verneigt sich. die zinke stößt ins blatt, das blatt hat sich bereits gewendet. die harke fährt die ernte ein und stapelt luft. dann der rechen, der den rest beiseiteschafft. der bolzen als harpune, dieselbe als geschütz. das blatt ist ein rätsel ohne konjunktiv.

auf der andererseits gegenüberliegenden seite des tisches werden nun nudeln serviert mit pilzartigem gewächs wie aus der dose geschossen und aufgetauter soße, vielmehr abgetropfter pulverpackung aus verklumpten körnern soßenbinder à la maison. die pilze sind artig und tot. so etwas wie leichenflecken steht ihnen gut und schmecken kaum nach dose. soviel sprache wir haben, soviel tageslicht.

auf der anderen seite übernimmt dann endlich das zuerst bediente besteck wieder den vormund der hand und testet die spannkraft des lendenstücks. so zäh und ausgedorrt, so grau und öde. da plötzlich liegt ein kleines ei im lendenschurz der rinde muräne des ausgelösten fleisches. da liegt ein kleines ei. der kellner kommt und beugt sich über die lende. da liegt ne mücke im fleisch, da sticht ne wespe in see, da ist ein schenkelstück vom frosch hineingeraten da ins filet vom rind, da ist was drin, was wir nicht dulden, sagen wir nicht, aber deuten wir. als wollten wir pauschal zur deutung der welt zurück, serviert der kellner den teller ab und übergibt den beweis dem koch. der findet das werk nur wohlgethan als beste aller welten und schickt den kellner zum tisch zurück. aus der lende ist unterwegs ein see erwachsen mitsamt landstrich, küste und vorspringenden felsen, da schwimmen und segeln insekten umher, die große augen machen, da strampelt ein esel sich ab mit seinem karren, darin fett ein noch größerer esel hockt, nämlich der elefant, der fährt zur see, der will die sonne genießen. auch gibt es da so strandkörbe mit vielerlei getier darin, das läßt es sich gutgehn, das steht zuweilen auf und spielt ball oder geht zu den buden rüber, wo lecker gekocht wird und ein feiner duft steigt zur nase aus gewürzen und allerlei arten dieses und jenes. es gesellt sich ein heiterer himmel dazu, es gibt genug von allem und wärme und luft. ob wir auch dahin gehen, ob wir auch da uns lassen sollen? das fragt sich so schön, das bleibt so trostlos hier mit der kälte von nudeln und lende. doch plötzlich ist die sonne da, jetzt gehen wir (r)aus.

scheidplatz, richtung am hart. eine wahrheit.

oder zwei rheinländer in münchen. auch eine wahrheit.

(für jochen rülle, dem diese wahre begebenheit mündlich immer viel spass gemacht hat.)

ein abend wie winter. täglich ein weg zur straßenbahn. oder ein täglicher weg. eine menschenleerheit, ein halteplatz. für menschen zu früh viel zu früh noch. zigarettenpause. dann straßenbahn von rechts, endstation. alle leute raus, keine leute rein. schaffner steht auf, klappt die verdeckung der stationenrolle herunter, wechselt kurbelgelassen die endstation. fuhrmann fährmann! dann steigt er aus, holt luft, steigt ein, liest nochmal oder nochmals die zeitung, raucht. dann von links, ruhig, ganz ruhig ein mitmensch. geht auf geht ab, geht auf macht kehrt und hockt sich neben mich. auch ich bin anwesend, so nebenbei in der gegend sitzend.

mann, mitte fünfzig, lodenmantel, unrasiert. lodenmantel vor die hunde gekommen. hockt dann da, kramt in der manteltasche, findet nichts, kramt in der anderen manteltasche, holt tabaksbeutel hervor, kramt im tabaksbeutel, holt zigarettenpapier und fingerlänge tabak raus, wälzt den tabak aufs papier, rollt den hin und zurück, holt die zunge raus, zieht die frischfabrizierte fluppe an der zungenspitze vorbei, verschließt die fluppe, reißt die überschüssigen büschel tabak ab, fingert diese in den dazugehörigen tabaksbeutel, steckt diesen in die manteltasche, kramt in dieser dann in jener manteltasche, holt ein feuerzeug ans licht der öffentlichkeit, steckt die frischtapezierte zigarette zwischen die lippen, entfacht eine stichhaltige flamme, zieht kräftig durch – und hustet. zieht nochmal, hustet nochmal, wirft die fluppe auf den straßenbahnsteig, wälzt den schuh drüber, bringt das rauchende ding endlich zum stillstand, speichelt ihm nach, bleibt stehen

und wendet ein interessiertes wort an mich:

watt habense denn da im koffer?

ein instrument.

ja, dat sieht man. und wat ist dat für'n instrumännt?

ein saxophon.
und wat ist dat für'n saxophon?
ein alt-saxophon.
GRATULIERE, sagt der mann, *dat iss richtisch selten.*
und rotzt auf den boden.
wohl fachmann, bedanke ich mich.
ein schwieriges instrumännt, grübelt der fachmann, *schwer zu blasen.*
wie alles auf der welt, philosophiere ich.
altsaxophon ist schwerer als'ett aussieht, weiß mein nebenanmann.
zunächst ja, mit der zeit aber wie alles, sage ich auch.
und nehmen'se noch trainerstunden, oder machen'se dat hauptsäschlisch.
das frage ich mich auch, frage ich mich.
dann von links die vormals von rechts eingefahrene straßenbahn, kurvende kehrtwende, da steht sie, da steige ich ein: servus zum nebenmann, särvuss zurück, eingestiegen, fahrkarte in den entwerter, platz nehmen, das schwierige instrumännt rechts neben mich auf den straßenbahnboden, kurzes nervenfieber des kommenden geblases betreff ...
und siehe da, kaum denkst du dran, sitzt neben dir der komplimentekavalier. daß der hier eingestiegen ist, ist selbstbetrügung wie man linksrheinisch munkelt, der muß hier nie und nimmer lang, der ist einfach nur so eingestiegen nachgefolgt, denkste noch, da wühlt der schon inne manteltaschen hosentaschen taschentaschen – und hält dir prompt einen fetten bund schlüssel unter die nase, stolz und fragendermaßen:
ein schlüsselbund mit vielen schlüsseln, bewundere ich.
fachmann fingert an der schlüsseltraube – metzgerhände, wurstige finger, schwarz-umkränzte nagelbetten – dann hat er ruh; spitzt ihn zwischen daumen und zeiger in die höh als wolle er mir sekt zuprosten mit abgespreiztem hanswurst – und verendet vorerst mal nichtssagend.
der bedeutendste schlüssel!, gebe ich klein bei.
sozialwohnung, antwortet der fachmann gelassen, und würgt die schlüsseltraube (ich bleibe bei schlüssel*traube*) wieder in die pralle manteltasche und das kloßige *a* zurück in den schlund.
sozialwohnung, wiederhole ich.

marienplatz   direkt neben'm rathaus   oben   virrter sch-tock partärre ein härren und damen bekleidungsjeschäft   oder schmuckjeschäft   jedenfalls kennt man mich docht   plaudert der spezi.
gratuliere ebenfalls, beste lage, bewundere ich.
iss jetzt der franz drin   für diese nacht   der iss (macht mit der flachgestreckten hand eine kreisende bewegung vor der kahlen stirn)
was ist der?
der iss (wiederholt den kreisel)
aha, bescheuert, konkretisiere ich.
bekloppt, verbessert der spezi, *vom* (imitiert mit der hohlen hand eine gierige trinkbewegung)
ein trinker also.
alkoholiker, betont der fachmann, *der franz iss vollalkoholiker, bitteschön.*
und den franz haben Sie jetzt alleine da in ihrer wohnung gelassen.
den habb ich da einjespärrt.
der muß da also bleiben bis Sie wiederkommen.
den habb ich einjesperrt, um ihn zu schützen.
wovor?
ja vor sich sälvs. vor wämm denn sonss?
?
dann ein quietschender ruck, das geschoß, die verkümmerung oder verkrümmung hebt ab fährt an rückt weg.
musiker also. auch ich hab nen sohn, nen schellisten. der schtudiert ja jetz beim berühmten professor brännholz. beim berühmten professor brännholz ...
strahlende augen, suchender blick des wackeren vaters.
scheuklappen, fragender blick des anvisierten.
brännholz, ne korriphä-e! sibbenundachzisch. 'n könner. wältenbummler. wältenbummler und wältenSPIELER. eine regaalbreite einspielungen. ein weitjereister virtuose. professor. eine korriphä-e!. sein vor kurzem aufjenommenes konzärrt war dat bäste dat reifste. brännholz!. mein sohn sein hochbejabter schüler. sibbenundachzisch. heute noch ein flinker virtuose. hat ja in beiden händen und allen fingern gischt.

der groschen fiel nicht. BRÄNNHOLZ. virtuose. der name taugt was. keine ahnung.
ja, und den ewerdink kenn isch ja-auch, versetzte der fachmann. *den hab ich zuletz im järtnerplatztheater jetroffen. jetroffen unn jesprochen. ein ausjesprochener verehrer von* BRÄNNHOLZ. *und dessen schello.*
ein renommierter ort, sagte ich auch mal wieder was.
ewerdink hällt große stücke auf meinen sohn, der ewerdink, der ist ja auch schon neunzig.
?
RÜMANNSTRAßE
ich hab ja viele freunde am järtnerplatztheater, sagt der marienplatzbewohner, und nimmt mal einen schluck aus seinem blechernen flachmann. *allesamt jestandene musiker. einer blässer als der andere. und um jälld zu verdiene, sitzen die och schon mal an de kasse.*
so, und was werden Sie heute jeben, mit Ihrem saxophon?
kammerflöhe, bekannte ich. zeitgemäß oder auch nicht.
ja, das sieht man sofort, qualifizierte der fachmann.
so, woran denn? interessierte es mich.
an der kleidung, mein lieber, an der jacke an der hose an den schuhen. da sieht man gleich, daß du kein naturbursche sind. ich hab einmal
KEFERLOHERSTRAßE
wohin fahren Sie eigentlich, wehrte ich weitere abgründe ab.
der fachmann und sein mundwerk ganz vornehm:
es war ungefähr neunzehnhundertfünfundfünfzig, da bin ich diesen dachboden hinaufgestiegen von einer scheune, die im dorf zunägst so keinem gehören wollte. mit dem freund heinz stand ich dann da oben drauf und hielt ein wenig ausschau. da seh ich dort hinten in der ecke (taschentuch raus, hineingeschneuzt, taschentuch in die linke hand verkrallt: der plauderer rückt näher an mich ran), *da seh ich dort hinten in der ecke* (taschentuch nochmal vor die nase, brocken unverständliches hineingemurmelt oder -sprudelt: plauderer rückt mir bedrohlich nahe), *hinten in der ecke einen koffer* (taschentuch in die geheimnisvolle manteltasche gefriemelt: der plauderer sitzt mir fast auf dem schoß)
MILBERTSHOFENER STRAßE

das ist ein INSTRUMÄNNTENKOFFER (betonung des wortes „instrumentenkoffer“ himalayagroß), *sage ich dem heinz. quatsch nicht, das ist ein reisekoffer, ein stinknormaler reisekoffer* („stinknormal“, ja, stinkt aus dem mund), *ein schäbiger, sagt mir da der heinz, ein eingestaubter allerweltskoffer, der auf dem dachboden da liegt.*

der instrumentenkofferfinder anno ungefähr neunzehnhundertfünfundfünfzig kommt in fahrt: rudernde arme, mundwerk wieder richtung heimat:

ich jeh hin, faß den an, klare sache, das ist ein instrumentenkoffer, sag ich dem heinz. ich mach den auf, was denkste, das war ein instrumentenkoffer. und was glaubense, was das für ein instrumentenkoffer war? ich sag dem heinz, datt is'n geigenkoffer.

(richtig, sein tonfall verrät den landsmann)

ich mach den dann auch auf, guck da rein, und watt glauben se, da lieschtne geige drin. ne janze geige. ich hol misch datt ding da raus, vorsischtisch, klare sache, luhr misch datt aa, dreh et auf die sick, stell et of'n kopp, da fragt misch der heinz, watt hängen denn da für seile runter, watt meinste, frach isch den heinz, ja da, bei disch bei, von die geige runter, ich wußt nitt watt der maint, da kütt der auf misch zu, faßt da mal hin und hat so'n „seil“ wie er sacht in der hand. ach, datt meinste, sach isch dem heinz, datt sind die sehnen von dem instrumänt, und ne geige hat ja wie Sie als musiker sischer wissen fünf sehnen. und watt glaubense, datt ding, watt wir da auf'm dachboden in der scheune gefunden haben, anno ungefähr neunzehnhundertfünfundfünfzig, datt hatte noch alle fünf sehnen. nur hingen die alle bis auf einen vom steg runter. einen augenblick, sach isch zum heinz, datt hammer gleisch, ich nehm die sehnen eine nach dem anderen und spann die widder da vorn in den wie sacht man hals ein. und watt glauben se, ich kuck misch um misch, laß die blicke schweifen und – rischtisch, im geigenkoffer liegt auch noch der wie sacht man bogen. und nun müssen se wissen, datt war ja keine bloße fidel, datt hab isch ja gleisch gesehn datt datt kein wertloses spielzeusch ist, isch sach dem heinz, passemalauf, datt ding gibt noch watt her. und watt denkste, isch nehm den bogen, setz datt instrument unters kinn wie man datt ja so kennt von die fernsehn und so, setz den bo-

gen an und
FRANKFURTER RING
sagen se mal, müssen se nitt bald raus, fragt mich der kenner ne, noch nisch janz (geb auch ich mich zu erkennen)
also, wo war'me?
... setz den bogen an
rischtisch, also, setz den bogen an ... und ... TADELLOS
?
war auch schon fast rischtisch gestimmt, die geige. dann hab isch erstmal a bisserl losgelegt mit sonem lied, watt isch von früher noch im ohr hatte, und dann simmer rausgeflogen aus der scheune, weil jemand kam, dem das nicht gefiel, daß wir auf dem dachboden waren da auf der scheune oben ... die geige hab ich aber noch mitgegriffen vor lauter schreck und der heinz den instrumentenkoffer. am anderen taach da wach isch auf und kuck so rum, da liegt datt ding dann neben mir. da iss mir datt auch widder eingefallen vom taach zuvor, datt isch datt ding da gefunden hab auf'm dachboden da auf der scheune oben. isch in die pantoffel, zum fachmann (noch 'n fachmann!) *und watt glaubense watt der sagte* (oder sagte er „sachte"?)
EURO-INDUSTRIEPARK
der sagte doch glatt, potztausend, datt is'n stradiwarie. (und zwar „-arie" wie „arie")
und?
watt und?
haben se se verkauft?
ja die war ja von meinem onkel, hat sich dann rausgestellt.
ja und?
der hatte ja erben.
ach der war schon tot?
ja nisch ganz. aber eins nach'm andern. der war ja mütterlicherseits ...
... und datt war nun mein ruin. datt der misch nisch leiden konnte. sonst könnt isch heut noch leben auf die kosten von die stradiwarie. sonst hätt isch ja heut a rischtisch gutgehende wohnung und nitt sowatt soziales am marienplatz. und wissen se, datt die fototouristen da so rumlungern wo unsereins datt ja alltäschlisch is, und da die fotos schießen wenn die männecken da kommen bei de rathausuhr raus oder watt datt da is, datt

find isch is ne benachteiligung gegenüber uns die letzten wittelsbacher.
und der franz?
watt meinen se?
ja der in Ihrer wohnung.

watt is mit meine wohnung? (kramt in der prall geheimnisvollen manteltasche)
SUDETENDEUTSCHE STRAßE
hier muß ich aussteigen, verkünde ich dem mitmensch.
watt is los?
ich muß hier raus!
und wissense watt isch hier noch in die täsch hann, datt is überhaupt datt beste von die janze, datt muß isch Ihnen noch verzälle, datt hat seine janz eigene geschischte, verkündet der lodenmensch.
hilft nix. aussteigen. hier is et sowigg, saach isch zu misch.
ein abend wie winter. menschenleerheit halteplatz. dann straßenbahn von rechts, kurzes händegrüßen der schaffner. keine leute rein keine leute raus. menschenkind alias fachmann steht im letzten wagen am fenster, und winkt. auch ich. stehe auch auf festem boden. auf gefrierboden. und winkt. hilft nix, muß weiter. und winkt.

und winkt.

natur ist so etwas wie mit bäumen. es könnte auch sein ein waldstück insgesamt, das plötzlich betreten wird. und auf den hochsitz blicken wir hinauf. ein zermürbtes stiegenstück leiterhalber für die hände zum halten ist hinauf eine strecke das dann nochmals gehangelt wie zum abriß so etwas taubes wie abgebrochen dann stürzt es eben ab als wär es ein stück eifel mit ein zwei koppelpferden sommers den weg zum landhaus durchs gatter flinke schritte durchmooste holzfront und auch die gehütete verborgenheit oder verboten zum beispiel das haus von hinten wenigstens einmal zu sehen einmal wie auch mit tannenzapfen und auch über die steine verstreut die steinplatten da war ja wenigstens ein weg noch und plötzlich gestapelte fächer holz die waldgefurchte ordnung die ein wenig so etwas wie dressur mir deuchte als könne jetzt mal gespielt werden hier wo war es modernde luft oder ein näselnder duft der genau durch diese nase jetzt biegen muß dann hat man einen begriff dafür im nachher dann ist er wieder da wenn man ihn ruft was jetzt so ein gewagtes augenspiel ist im hinterkopf und muß auch sagen daß es nie geregnet hat fällt mir auf und einmal saßen wir im holzhaus da hat es geregnet aber nie hat es geregnet als wir draußen waren den landstrich zu untersuchen da war es warm und rot-verblaßte tücher hingen vor den fenstern mit hölzernen rahmen die fenster wie zuverriegelt als könne niemand darinnen sein waren aber alle da und draußen drinnen wo nun plötzlich eine solchene ferne vor augen da war nun einmal ein begriff von weltreise wie wir hinein ins gefährt vom herd weg und heimlicher stallgeruch durch den sommer gefahren da saß die vaterfigur am steuer und drechselte die autobude von garage zu garage die dann eine räderbreit eingefurchte wiese war über landstrich und straße soll man ruhig mal so nennen was es gewesen ist für eine sonntäglichkeit und pferde in der koppel auf dieser hügelwiese standen immer am zaun mit nüstern dran bekamen zucker braungelbe zähne vom zucker pferdegebiß wie menschen spaziergang und kuchen endlich mit früchten und einer haube sahne selbergeschlagen von onkel hans und tante fränzel wie handschrift klingt das nach aber immer abwesend als wie ein bild das sonne scheint die über allem ist gehirnlicht möchte ich da mal einwerfen als überblendetes zuckerspiel süßelt so etwas wie eingebung jetzt rückt fern wie und wie eine tortur heißt das ja immerhin umdrehung oder niemals verläßlicher stillstand und auch die vermutung eines anfangs für kenner läßt jetzt aber mal luft rein fürs ausholen und zurück zu den überquellenden natürlich bestreuten pfaden den aufgezeichneten gangbarkeiten hockenbleibende mundversperrung so etwas wie ein feinfiligranes astwerk der entrückung dann taucht ein zweites auf ein landhaus soweit das aus der entfernung überprüft werden kann und ein rinnsal das da den pfad zum haus entlangfloß mit einigen fischen drin wenn nicht ich mich täusche was auch ein landhaus war mit einem bach namens kall mit fast so immer gefrierendem wasser schon und zwar im sommer auch mit hügeln umstellt und einer großen wiesenfläche die dann stets ein regelrechter mit der sense gebändigter verhau und brennholz auch das da schon aber nicht mehr vonstatten ging durch den kamin weil ja auch schon eine heizung da die dienste tat und kein rauch übers dach verriet eine anwesenheit und hier war immer herbst und kein hochsitz keine koppel mit pferden wohl aber ein zaun und ein waldstück bis über die lichtung vereinzelter baumbestand und laub immerhin und weite wege zu einer mühle hin namens mestringer mühle so ungefahr mit forellenfang dann weiter hoch ein kiesweg oder schotter wie eine landzunge oder muräne wenn ich das richtig verstanden habe jawohl muräne und ein foto davon noch ohne lichtrand und wasserfrei unter den wenigen fotos die hervorgeholt und gezeigt werden könnten als spielzeug und versenkung versenkung ja versenkung was aber keine beschwerde ist keine wohltat keine erfrischung keine furche aber ein vorwand etwas einmal verschwinden zu lassen nämlich sogenannte zustandsimprägnierung oder weiße haut oder desaster der magengrube vielleicht einfach doch besser grube ja grube mit ein wenig grundwasser wo man gerne mal hineinstrullt aus lauter aufruhrluxus wie zum beispiel schlittschuhlaufen auf einem tiefgefrorenen see und tieftönend gerät das ganze becken die umfassung das behältnis samt eingefaßtem wasser in schwingung gegen die eiserstarrte oberfläche schlagend und hunde tollen auf ihr umher jagen den eisstöcken nach den einfach nur mal so umhergleitenden kurven die ein bißchen kontinuierlichen baß produzieren oder hervorrufen wenn man sich so einem eiszeitigen see einmal nähert und lieber dann zu kuchen und wärme überläuft wie im falle des kuchens nach rundlauf um und gegenüber der koppel entlang mit den pferden und ihren braungelben zähnen vom zucker wie menschengebiß aber eher harmlos diese fotokopie mit viel zu viel schattierung während man dann so dasitzt beim immer frischen kuchen hoch überm see über den koppeln den landstrichen und am liebsten geht darüber die sonne unter als wär das ein erster schritt über das zutagegeförderte stück foto hinweg in die trockene unverklärung wollen wir's mal nennen unübersteigung bis diesbezüglich wohl mal die puste aus ist hoffen wir dies nämlich ist ein see der musik macht und wir schauen so aus dem hochgelegenen aufgehangenen fenster beziehungsweise hohe fenster wie larkin sagt wenn mich jetzt nicht alles täuscht und vor uns ausgebreitet ein stück altdeutscher kuchen mit sahne gekrönt und allenthalben vom frischesten was das café zu bieten hat neben einem rundblick auf den wollen wir mal ehrlich sein weßlinger see der gut und gerne dutzende kilometer neben der eifel liegt, ganz klar, und was da so in dieser winterfrühe fällt mir da ein durchs öffentliche fenster dringt wenn wir mal einstiegsweise dabei sind bei was bei dieser ordnung dieser kolportage aus dem tritt geraten hier jetzt also wo ein benehmen zählt und trägt durch die türen trägt und über die straße zurück ins bilderbuch wir rekapitulieren hat uns längst nicht zugesagt ein erstes blatt bild als beginnen zu nennen zu lesen sondern vielmehr von der mitte als heimat aus mal ausschau zu halten wo das hinführt am ende vom ersten augenschein weg und entschuldigung mal, ja, das ist ja eine anerziehung sowieso daß jemand das sagt und womöglich am ende derselbe das hört, daß da ein anfang sein muß wo man zuguterletzt sein eigenes fotoalbum noch aufschlägt wie das ja noch alle tun zum glück und endschuldigung mal dann ist man zuguterletzt sein eigenes fotoalbum geworden und sagt dann hier der erste schritt da war sommer dann folgt der schnee die schmalspur der fehltritt getrippel wie vögel wie hasen über den schnee was lesen wir daraus und dann nichts wie raus aus dieser erkältung wenn das mal nur so ein anfang war, bitteschön, das ist aber ledig so zugeordnet worden, wenn man das so sieht, das ist ein gespenst der kardinalzahlen oder was ebensogut kein ausweg ist ein leiblicher empfang in einer gottesanstalt meinetwegen obwohl bei dieser zirkaatmung schon die speiseröhre zuckt aber möchte den mal sehen der da hört hier sind wir hier sind wir daheim oder heimatlich oder hier bleibst du hier mußt du einkaufen gehen bis zum jüngsten gerichtstag meinetwegen und diesem der das hört schlackern nicht die knie der katastrophenschutz den möchte ich mal sehen dem das nicht so ist der dann auch noch jetzt schon seinen sarg sagen wir mal die letzten vier wände besichtigen kann und kaufen beim trödler beim trauersport denk sein letztes federkleid der das hört und sprache gleich heimat wenn der das lebt der kann das sicher überhand nehmen lassen sagen wir mal ausdünsten der kann das sicherheitshalber mal poing nennen frohzarten oder frohnleichnam wenn der da nämlich mal ineinsgesetzt wird ohne zweifel sowieso mit dieser seiner ortsansässigkeit ruft man ihm nach der fährt nach poing heißt er poing nämlich und steigt er aus da tatsächlich sagt man das ist was der rest ist der poingaussteiger und das gleiche gilt für frohzarten oder frohnleichnam ganz zu schweigen von örtlichkeiten oder örtchen wie asch lach au buch endsee fremdlingen jux in oberbayern bayern und niederbayern und gar nicht zu reden von wannsee berlin da hat man nämlich gleich den hau weg da wird man gleich sofort mit der unschuldigen mit dem was gleichbedeutend oder tagtäglich wenn man da einbiegt das ortsschild jetzt hab ich's gesagt ist infiziert also der eifler ist lebenslänglich eifler und der der aus würmtal ist würmtaler und soweit fortgeschritten sind wir allemal das aus dem gesicht oder je nach ländlichkeit aus dem antlitz je nach der jesus-am-kreuz-besessenheit herablesen zu können immerhin und wenn ein fasteifler so als zum beispiel das fast-ich als jetzt das vorbuchstabiert sich jetzt dann ist das zwar fast heilig ein altdeutscher kuchen mit schlag aber insgeheim jedoch ein solchenes wagnis als wie es bis zum äußersten fortging als gerade mal eben dorthineinversetzt er selbst wie er das selbst so sagt noch eine leckere erinnerung jetzt ist es raus aber hat an jenen willkommenheitsgruß mit torte oder kuchen so weit waren wir aber das ist natur liebe gäste handgebacken von tante fränzel und onkel hans in jener pferdegegend treibt es fort da uns allen klarest wurde oder auch wurde wenn wir objektiv sein wollen oder wurde aber das ist natur liebe gäste und das hat lecker geschmeckt und ich werfe mit pferdemist auf alle vermieser von fotoalbums oder wie arthur ich pisse an die friedhofsglocke wie hunde wie dieser hund in weßling der hatte einen stecken stehen an der caféhauspforte daß jemand mit ihm spielte und das mußte gelernt sein was aber habe ich das nämlich habe ich gelernt und zwar ist das ein zupacken wenn dir mal ein gebiß entgegenspringt von einem hund dem nimm den stecken und steck ihm den gebiß ins maul dann ist ein frohzartenes ein frohnleichnamsspringen und du gelangst wenn du es jemals gesehen hast unverzüglich nach echternach zum maskenspringen das wiesengrund theodor natur zur aufklärung kardinierte zur schürzenjagd was wird diese schrift jetzt schlecht hier die wird so schlecht wie ein erstes und abermals ernstes betreten der weßlinger kapelle am seerand am landhaus verschmachten möchte ich fast mal sagen so wie es aus der feder fließt jawohl feder inmitten gezüngelter engnis in dieser büßerfäulnis aber das springt so mirnichts aus mir raus hinaussen und wird morgen ein ziffernblatt eine nicht mal einmal funktionierende tränke ein tränensack gewesen sein eine tafelrunde für solospaziergang für fliege im sommer oder winterkrähe was es heißt wenn einem die natur kommt daß dann plötzlich der strom einmal abreißt nämlich als wie aus dem ohr das wasser fließt und dann plötzlich abreißt wie ein näselhäutchen oder trommelfell eine schräge wie eine dachschräge zum beispiel wo dann plötzlich der wind hindurchpfeift vielmehr hinabpfeift oder schräg vorbeipfeift wenn's das sein soll meinetwegen dabei sollte es nur ein kleiner spaziergang werden und du mußt dir anhören die richtung zu ändern zu wechseln die spur als wär das ein kleines na sagen wir mal blechauto mit einer feder zum aufziehen als motor und die freude ist groß wenn das jetzt nicht mal im kreis fährt sondern auch umgedreht werden kann und der auslauf reicht noch dir vor die füße der schwung was fehlt noch ist ein fehltritt wie er stattgefunden hat den wohl schon einmal erwähnten dann aber achtlos stehengelassenen hochsitz hinauf mit flatternden hosen vom wind was auch sonst und oben kam so etwas wie eine aussicht zustande über entgipfelte bäume die standen da so starrig ohne thema als wollten sie eine rede halten hörte aber nichts als den mit zungen ins tal fahrenden wind was nämlich gar kein bild ist ihr affen und durch ein loch eine sparre nein das gilt hier nicht also verzerrung durchstoßung zerbodung was es nicht alles gibt war deutlich der wiesengrund oder waldbewuchs zu sehen wie denn auch nicht wollen das mal nicht totreiten hier und höher hinaus keine tiere sondern krähen wie schon erwähnt na und dann ging's sachlich die stiege wieder hinab ganz selbstlos und auch ein auge werfend stell man sich mal vor auf die schrift der rinde auf die holzgeschichte wie da so namen verzeichnet waren in inniger umkreisung na also ich kann's doch als aufruf das messer selbst mal in die rinde zu stechen als selbsterhaltung oder stechschritt jedenfalls eine art befriedigung rindenfetzen herauszulösen bis auf den stamm *rinde der bäume / runen und worte / von gnomen gesäumt* sagt carlfriedrich claus, runen, naja, geschenkt, aber auch *kres kra art kris kris / r scherk kres kra rt kris* und das alles schon in den fünfzigern liebe gäste wo waren wir stehengeblieben herauszulösen bis auf den stamm und so setzen wir das mal fort hier der ewigkeit geteilte erbschaft näher zu sein mehr ist nicht drin könnte man im rückspiegel mal so sehen hauptsächlich aber oder hauptsache man verläßt die stelle und nimmt die ausgangshaltung oder beleuchtung wieder ein was es für's erste wohl gewesen sein dürfte obwohl ich von herzen weitermachen wollen würde stelle ich fest ein andermal beziehungsweise das ganze ist um enzyklopädisch zu werden will ich vorlässig mal so sagen.

der satz kommt mir bekannt vor

eine übertiefte unterhöhung

es gibt sehr viele leute. ein satz leute z.b. sitzt gegenüber hinter der hausfassade ganz hinten und sitzt ganz hinten. sicher, *der mieter*. die perspektive des satzes wiederum sitzt auf der anderen seite des satzes gegenüber der hausfassade und erwartet ein spektakel. ihr blick fensterlt. es ist wohl jedem klar, daß es so nicht weitergehen kann. es fehlt hier sozusagen der weitere blick. plötzlich wie gerufen eröffnet sich ein neuer ansatz oder ein nicht ganz so flacher blickwinkel.

es melden sich stimmen, die das soeben gesagte als sehr häßlich empfinden.

ich möchte am liebsten abbrechen.

geduld ist aber eine tugend die ausgesprochen farblos ist.

jetzt will ich einmal erzählen was sich sonst noch tut.

straßenbahnschienen werden z.b. auch gern morgen oder morgens früh begradigt, wie das da ja jetzt durchs fenster dringt und den blick blockiert. es ist jetzt morgen nacht und eine lampe brennt durchs fenster ein straßenbahnschienenscheinwerfer der die sonne ersetzt. das ganze zimmer ist so gleißend hell, daß ich das bewußtsein verliere. aber was hat das hier zu suchen. 'gegenüber' möchte eine weichenstellung sein, mehr nicht.

barbara wie wir sie nennen wollen eine frau aus gutem hause nämlich ist zunächst eine beweisnot mit prallem haar. mit rotem haar das prall ist. sie trägt einen auftragsgeschneiderten mantel aus schwarz mit eingenähten lederstückchen und groß ist die frau so groß und mächtig selbst. man möchte ihr am liebsten respekt zollen lieber aber höflich in die haare fassen und am liebsten eine offenbarung leisten da geht da vorne wo es gegenüber heißt das licht aus und ein gesicht mit zungeumspielten lippen wird deutlich endgültig im glas des gekippten fensters sagt man ersichtlich? als wie da wären anmut und würde, mundschau und antitristess, heißt es barbara.

tut sich da was?

ist da eine wildwachsende zuneigung, vielleicht. eine blattgrün sprießende zueignung festangepackte standgehaltene vielleicht. ist das was zum vorlesen? sind wir denn ein erotischer salat?

kann man dieses wort denn ohne griebenschmalz verschenken? traut dem noch jemand zu? und jetzt bitteeinmal die ganze nacht. die anwesenheitsschilderung die liebeskundgebung, schließlich zuckt oder wenn das falsch ist sagt man müssen wir abstriche machen. mein vorhaben war ja immer schon etwas ganz klar vor augen haben und auswerten können. der einzige fehler möglicherweise ist meine selbstbeteiligtheit mein mitten im geschehen liegen. und so ein im geschehen verstreutsein trübt bekanntlich den satz. man könnte also von selbstinduktion sprechen womit wir sprachlich auf den hund gekommen sind. so zu liegen im dämmer gab mir gelegenheit meinen bauch zu betrachten, keine besonderen vorkommnisse. der unvermeidliche schwanz, sicher. interessanter aber das kurze borstige haar ihrer wie sagt man doch gleich venus scham oder möse, nun ja. unterschenkel nicht rasiert, warum auch. interessant auch die frage, wer hier insgeheim der zensor ist, der mir verbietet z.b. ihren feingerundeten bauch der den nabel umwölbte auch nur zu beschreiben, bitteschön. ihren sagen wir doch ruhigmal arsch nochmals in gedanken zu befassen umklammern nein nein dann lieber doch auch sanfter zu behandeln ob feinbehaartes daselbst ein wenig zumindest den rücken stimuliert die haut darauf ach gottchen ein inneres auge ruht und jede unmerkliche rückung der finger und fläche der hand fingerkuppen und sagt man handballen oder handinnenballen oder handflächeninnenballen oder genauer handflächeninnenballeninnenhaber sicher das könnte man genauer benennen handteller medizinisch anatomisch um also darauf zurück zu kommen ein angenommenerweise inneres auge verfolgt buchstäblich jedes gar nicht mehr aufzuschreibende spurenelement nein nein viel zu kompliziert, also wechselgeschlechtlich und auch geschichtlich komplette aber äußerst wohltuende anspannung des gesamten nervenkostüms ein wirklich fantastisches wort! das nun im oder auf dem rücken seinen berührungsverursachten anfang hat und ich möchte die laien trösten auch so kompliziert ist es nun wirklich nicht jedoch das hiermit ins spiel gebrachte lexikon, Sie verstehen, sind wir also wieder lexikalisch – nur am rande eine kleine information für insider: „auch“, „also“, „aber“ sind bislang nachweislich die sprachlichen stimulanzien dieser besinnung – l e x i k o n, um das punktum zu wiederholen, steht schwartig im fach und kann selbst nicht ficken.

ficken, eisenbahnersprache, alter hut, mundartliches hoheitsgebiet; mundart, pervers. mundkunst, reine falschheit! ursprünglich, so lexikon, „jucken, kratzen, scharren, reiben". ursprünglich ist aber sicher doch wohl nicht wörtlich oder wie hieß es beim namensindschicksal – schleiermacher? jemanden ficken ist vulgär und heißt genausoviel wie mit jemandem koitieren Tiere, vergelt's gott! wollen wir das aber mal auf sich liegen lassen, und wenden uns der bezeichnenden nachbarschaft zu. übrigens: das ist bezeichnend, heißt das soviel wie *stigma*? „fickfack" jedenfalls ist soviel wie ausflucht, vorwand, winkelzug und gehört familiär zu fickfacken. womit also die vorherrschaft des tätigseins über den großgeschriebenen zustand erwiesen wäre. (ja, da liegt man schön!) also: zuerst bauen, dann Haus. zuerst ficken, dann Kind. zuerst leben, dann Tod: hier erstmals interessant der zusammenfall von tätigkeit und großwort: leben und Leben, akustischer stillstand. beachte hingegen: sterben und Tod oder heißt es töten und Tod. und wie verhällt es sich mit der wendung „du bist des Todes" zur geschlossenen anstalt des Todes? in diesem sinne gar nicht weit hergeholt die fassung: „jetzt hab ich's aber dicke", nämlich uwe, sauwald, irgendwo seite x, etymogeleien, mongolen, enzyme oder war's bei schmidtchen arno? weiß der teuwell. fruchtbarer also zurück zu fickfacken und auch ein satz plötzlich wie „ich möchte ficken" oder deutlicher „ich will jetzt ficken" oder täuschend persönlich wie ähnlich sogar „ich will dich jetzt ficken" was ja fast einer vertrauten anrede gleichkäme, täuscht nicht darüber hinweg, daß wir es hier vornehmlich blabla mit stilistischen übungen auch rhetorischen fingerfertigkeiten und zuletzt gar mit klanggeschwistern zu tun haben der art „möchtest du mit mir schlafen" blöde frage oder „ich liebe dich". gemeinplatz wie parkplatz. lexikon also fickt nicht. oder doch? rammbock peitsche orgasmusgarantie. klingt da was wie eingeschlafene füße? klingt oder stinkt klinke der sauberkeit. entzückend auch der schüchterne satz: ich bin hals über kopf voller triebe. und ich sach noch, geh dem hund des nachbarn aus dem alphabet. hoden ohne h gleich oden. aha. intermezzo gleich mätzchen. glaub nur nicht, du sagst „Ich" und redest von dir. oder redestest. jaja, sicher, redetest. „hat eine aussprache wie ein bauer" käme demnach einem acker gleich. und vernunft einem fruchtwechsel. f i c k f a c k e n. ausfliehen. vorwinden. winkelziehen. ränke schmieden („goldig!"). Blendwerk machen, aber auch – achtung: Böses anzetteln. hingegen man höre und staune „F i c k e" jedoch und großgeschrieben, die, ist ein norddeutsch verbreiteter umgehungsausdruck und wird dort (wo?) grobgesagt als nichts anderes als eine Kleidertasche gehandelt und wohl auch als solche verstanden, aha, die wohl ursprünglich nichts anderes als ein, zitat: „ein- oder angenähter Beutel" war, abgeleitet umgestaltet oder noch umständlicher zurechtgemacht aus lateinisch *figere* – und jetzt mal schwanz beiseite – „helfen", jawohl. das mußte dann insgesamt so oder so ähnlich klingen wie: „was hast du denn noch in deiner Ficke?" oder, verallgemeinert: „ist deine Ficke leer?" oder, konkreter: „hab ich etwa den Schlüssel in meine Ficke gesteckt?" oder, nötigend (ja, ja) „wo hastes, he? stülp mal deine Ficke um!"

dabei fällt mir ein, daß ihre brüste einfach so mal natürlich auch jetzt dabei hingegen ja damals, damals sagte gerhard rühm zum beispiel einmal in einem zusammenhang, dessen zeitgeraffte umlaufbahn mir gegenwärtig nicht ganz momentan gleich sag ich's sagte gerhard rühm wieder einmal bei so einer fantastischen gelegenheit von entfernung rechnet ja keiner mit ALSO zumdonnerwetternochmal sagte gerhard rühm irgendwo „brüste sind mein steckenpferd" und zwar sagte gerhard rühm das in einem buch. nicht vielleicht, daß das seine persönliche meinung wäre oder oder aber gewesen wäre, wäre ja auch zu komisch, privat sagte er womöglich lieber „titten finde ich riesig", was ich ihm jetzt gerade in den mund gesteckt habe (bei der gelegenheit: ein JETZT auf Gerhard Rühm!)

fassen wir also zusammen:

alles schief hier in diesem windloch, alles redesprachlich, zahnfäulig, tatsacheneitrig, maulfies, überfällig. hat jemand z.b. schon mal befunden: steife schwänze sind postmodern!? oder: theoretisch gesprochen finde ich das zu theoretisch. schlimmer noch: theoretisch finde ich das zu praxisnah. eine moderne hanswurstiade fällt demnach so aus: „Ihr könnt mich alle mal am arsch lecken!" wenn z.b. nur einer in einem raum ist und plötzlich befindet, „vorfahrt beachten" ist eine unmaskierte redewendung und gar nicht so etwas wie eine überlebensnotwendige aufenthaltsgenehmigung. wenn das also mal der fall sein wird und zwar die regel und der aber gar tatsächlich nicht allein ist in einem raum (wie soll man DAS denn betonen?) sondern er sie es muß sich übergeben wegen sexualität wer sagt das z.b. wegen oralanal hegte aber stets den eigenen wunschtraum ständer pimmel schwanz oder möse votze oder wie sagt man noch in den eigenen mund nehmen zu können oder wissenschaftlich penis und vagina läßlich (wie kam dieses wort denn hier hinein?) ist ja auch egal wenn hauptsache der rhythmus stimmt. wenn z.b. der dann mal allein ist tatsächlich der könnte ja denken, die ganze propyläen-weltgeschichte sei seine kreditkarte, mehr noch, sei seine hausmarke, mehr noch, sei sein stuhlgang, (man müßte an dieser stelle mal thomas kling zu rate ziehen, wie ER das gegebenenfalls an dieser stelle zu sehen vorzöge, dorisch oder deodorantisch), ein gesamtes geschichtsverarbeitungssystem das ja immer noch die eigene birne ist durchs sieb zu pressen so eine art gemüsekonzentrat (konzert?) und aus diesen tatsächlich unansehnlichen, aber passierten elementen rekonstruiert man dann fantastische stauden und gewinde, fantastische häupter, strudel und gewächse, so turmhoch haushoch, so hügelan himalayahoch, untergründig flachgeschossen tiefsinnig ja, halt mal du grünhorn, das ist beileibe ein kompliment an den klingenden geschmacksverstärker, den polaroidverschärfer, den affektiven brennstab, den hergereisten, dagesessenen hinter unsäglichem dauerpult oder managerkrankheit als auf die bühne gewuchtete bahre aber laß mal kann der doch nichts für hauptsache *ging aus seinem mund hervor* oder zumindest hervorgetreten durch etwa lieblingssperänzjen alias kopfzitate der art „komplettkannitverstan“ und dann alle achtung! oder die stelle mit ... ne, laß man, thomas, war ’n steiles ding redesprachlich rußlanddeutsch oder nirwana, mal anus den kulturmäuschen und stabreimern ins mäulchen weil fresse hamm die ja nisch ... wo war ich stehengeblieben?

barbara.

Barbar.

dann ja gar nicht so plötzlich sondern durchlegen aufgestanden wenn auch nicht ohne weiteres verquer circa fünf stationen bus zum zug sozusagen also *the salzburg connection* (jetzt aber mal! der art: sprache hat mich schon immer interessiert und so ein durchschnittstöchtergeschwätzgewäsche) und wie das dann ja so geht günstigenfalls nämlich brief geschrieben karte zurückerhalten mit diesem damals schon körpereigenen duft der note wäsche bett und morgentau und sicher sicher planlos hernach sprich zerstückelung fruchtbarer entbindung anbahnung auch oder wie sacht man anbändel telefon- oder briefkopfwüste absolute entsäftung fehlen die wochte obwohl mal langsam entkäfigung angesagt wäre totale entbindung schade schon mal gesagt verbraucht totale disziplin hier so schrift- und kastratenmäßig aber jetzt mal so buchstabenhörig freiheit herstellen wollen oder so ne szene einfangen der art ficken obwohl's das nicht war sondern vielmehr sehr zärtlich sogar mit küssen und so (sogar!)

der straßenbahnscheinwerfer blendet wieder poppig auf und mir in die birne, auf einem ausfahrbaren riesenhochsitz hockend fährt ein straßenbahnarbeitermensch dicht vors fenster und grinst grüßend hindurch hinein, während gegenüber das nachbarduo wohl gerade kurz vor der wiedervereinigung steht macht nichts vielleicht ein ander mal. der mensch holt einen riesenreparaturschlüssel hervor und befummelt die oberleitung. eine handvoll funken, ein stahlsaitengesumme, ein gelächter. ist das die sonne schon ist das der fehlerquell?

könnte ich jetzt auf den hinter der hausfassade sitzenden satz leute zurückkommen, wäre das ganze sicherlich eine runde sache. ein beliebiger satz, ein beliebter.

papierfressen

ein lustspiel

Der Traum ist ein Papier
Ernst Herbeck

Weh dem, der Symbole sieht!
Samuel Beckett

meine einzige hoffnung ist leeres papier. weil wir von unserem schönsten märchen Ich wider zurückfinden zur kanzel Wir, gestattet mir dieses recht. lesen ist langsam. nach jeder seite (   ) bin ich so klug wie zuvor. zu langsam ist das lesen! also erwartet Ihr den, der Eure gebete spricht, die hungerlitanei, während Ihr stolpernd Eure trächtigen tüten nach hause schleppt.

nur diesen tag lasse das programm nicht stürzen, den mitmensch, die fieberkurve, ruft Ihr ihn an. Euer programm, das ist ausgesetztes hirn, Ihr geht, und seziert es: sind noch träume da, die uns sättigen könnten? die städte niederreißen, kanäle entschlacken, und dann ein einziges unkrautverschlingendes haus. wie wär's! oder träumt Euch von einem zweiten, frischgezellten stern, haltbar bis unbewohnt.

das wollt Ihr nicht auf Euch sitzen lassen, daß diese kugel noch leuchtet, nachdem wir ohne orden entlassen sind. rührt Euch, werft Eure orden weg! aber so ward Ihr immer: das erlöserfreispiel, das pokert ihr am zwölfgeschwätzigen tisch aus. auf die tagesordnung gesetzt, so sagt Ihr, verspielt.

keine angst, das ist tatsächlich nur vergleich. (   ) ist nur ein vergleich. an dieser stelle können wir uns das problem erlauben, ob derselbe vergleich gemeint sein kann. entschuldigen Sie bitte: es kann sich uns das erlauben. gespielt wird scharf einsetzende und scharf aussetzende information, nächtens, wenn die erkaltenden kulissen verhängt sind. der staat hat Euch freizeit erteilt. da Euch die natur kommt, setzt Ihr die leidentsorgungsmaschine in gang. was denn? mit dem öffnen der überfrachteten augen hat Eure unterjochte fantasie scharf ausgesetzt. *könig erfinder lachsack!* werft Eure fernseher weg! die wurst auf der werbesäule ist längst verfallen. wenn das werbe(   ) verfällt, wird es zu wurst verarbeitet. diese zeit ist jetzt gekommen. da dürfen wir um himmels willen nicht schwanger werden. nicht aggressiv wehmütig nicht. (   )kind, das wäre atemlos falsch. oder willst du in die unterhaltungsschau eingeliefert werden, neutrum, du, exilfrucht: köstlich. einst aber – einst, weil dies ein märchen ist; aber, weil dies ein zucker ist, rühriger zucker, ungelöst –, als schaumeister und strafe verborgen lagen, verkannt, hätte uns diese stille gesunden können, die uns beherrscht, sobald der letzte steinbruch aufgelöst. was haltet Ihr davon: hundert jahre schweigen, keinen furz mehr. ab jetzt. ich weiß schon, wie wenig Euch das ist. *schweigeminute für den gebenedeiten canzler, ewig totenstille für den rest der welt!* heißt Euer credo. gesund auf lichtjahr und kalender von bestand, das wäre ein traum. *könig erfinder lachsack*, diese maschine pflanzt Ihr nie! gab es anno einst das wort „lernen“ schon? weisgesagt, das gab es wohl. jetzt aber – jetzt, weil dies eine kanzel ist, sagt (   ) uns weiß; aber, weil auch diese klugheit weiß sein wird –, jetzt aber, insistiert der claun, die pause will überlebt sein, die windel zu überdenken, aus der wir wachsen wollen. aber jetzt! aber gestern noch! seid artig, wir blenden uns ein:

„das (   ) ist gestern zum bäcker gegangen. es hat dort eine semmel gekauft. die semmel aber sprach: fürchte dich nicht, ich bin der laib meines herrn. deshalb hat (   ) die semmel nicht kosten dürfen. nach dieser heftigen beziehung ist (   ) in den ruhestand getreten. beziehung ist genau das wort, das unser (   ) gar nicht leiden nicht mag. heuer hat es sich als ruheständler im olympiaturm verdient gemacht. es heißt jetzt auch berechtigungs(   ). es berechtigt das publikum der luft gezählte meter ewigkeit näher zu sein. publikum ist ein wort, da kennt sich das (   ) nun gar nicht mehr aus. ich bin in der zeitung gestanden, sagt (   ), und als ich das gelesen habe, bin ich ganz blaß geworden. (   ) empfiehlt deshalb allen zeitungslesern die schneebrille. eine eintrittskarte ist aber auch das (   ). als es letztlich seine vorstellung besuchen wollte, war die zeitung schon da und schwärze. die schmerzen des (   ) sind nämlich keine geringen. fünfzig schmerzen wollten heute eine ausstellung machen. da sagten die leut, wir haben unserer schmerzen genug eigene. deshalb war die vorstellung ausverkauft. selbstverständlich waren die leut nachher enttäuscht, weil die vorstellung dummes zeug war. das eintritts( ) schmückt die GUTE STUBE dieser leut ja dennoch. das waren noch zeiten, als ( ) noch dumm war. noch dümmer ist heute das ( ), wenn es in der zeitung steht. aber das ist nicht das ( ) der redaktion. das nasen( ) ist traurig, weil keine schleife blut es schmückt, mit der das hintern( ) ja gerne protzen tut. es empfiehlt deshalb, das hintern( ) direkt durch zeitungs( ) auszustechen. das feuilleton, ungelesen und zwar unmittelbar. aber das druckt ja keiner. meine leeren brüder und schwestern sind meine einzige hoffnung, verkündet diesen samstag das star( ) dem Talkmeister auf dessen unbegrenzten spaß, welches wissen ( ) denn habe. die zeitgemäße vergewaltigung von ( ) ist das lochen des eintritts als ( ) als berechtigung als eintritts( ) als beglaubigungsgutschein oder freikarte als schein, erleuchtet der Talkmeister den ehrengästen seine scham. da kann der applaus ja nur so toben. mit dem applaus ist es ja so: nach neunzig minuten untertänigster andacht (bundesdurchschnitt) und einigen blumen, achtlos auf die bühne geworfen, dir, o Talkmeister, heimlicher entzerrer der wirklichkeit, weiß sich die kumpanei der betrogenen erlöst: diese schwäche heißt abspann, ausblend."

saitenwechsel

ich will meinen spaß als gerichtsdiener, rechtfertigt sich unser ( ), das ( ), das ein traum ist, ist eben auch ein einweisungs( ), nächtlich, in verschlossenen wagen, obwohl auf dem mond keine blumen( ) wachsen, wie sie im kaufhaus blühen als mond. kommt aber ( ) zum mond, trägt die mondflagge keine farben mehr. die mondflagge: wer von Euch hat sie ewig haltbar geglaubt. rührt Euch, werft Eure fahnen weg, oder der mond verblüht! aber so ward Ihr immer: was, der tod ist nicht Euer hauptgewinn? Ihr schlendert der fresse nie voll. da habt Ihr einen vers, tauscht ihn gegen Euer hirschgeweih! löst den judas aus, Euer ohrenpfeifend letztes spiel. ein lautsprachentwaffneter wagen wird Euch die Botschaft zürnen. Ihr werdet ihn nicht mehr zu orten wissen:

„achtung, das zeitgemäße vernichten der akten setzt unrecht voraus! das ( ), der schatten unserer verordneten befriedung, schlägt deshalb dem president die selbstverwaltung vor, die ( )instanz. jetzt drehen wir die wirtschaft rum, verkündet ( ) den entscheidenden maschinen. jetzt drucken wir ( ) auf schrift. ein neues sittenalphabet! schreit nämlich der lohn. die maschinen produzieren endlos ( ). das wird endlich laufen lernen, das wird die ämter besetzen, canzler sein: geschäftsführung ohne auftrag. werbung und wahlen überholt der ( )träger mit dem wurf einer einzigen sendung, dem fraglos ungezinkten bogen. fragen, lieber haushalt, sind das gewinsel des augenblicks, ( )frage, auge, ja. haltet Eure antwort bereit. dieser augenblick! unseren sängern werden die lieder fehlen. jemals eine urkunde gewonnen, jemals bereichert durch denkschrift und schriftstück? Sie wissen doch, daß schrift nicht denkt. jemals ein wert( ) erworben, aktie, ausweis, pfandbrief ... holt sie hervor, Ihr werdet blaß sein! was denn, Eure augen entziffern sie nicht? Ihr werdet nicht mehr hunger schreien, nicht mehr ‘brot ist die losung’, Ihr werdet in reihen marschieren und die schneebrille fordern.“

Ihr müßt Euch das so vorstellen: ungezählte stärken licht auf deine nichtigkeit, Ihr kennt das ja. natürlich wird das so sein: jetzt mal im bild erscheinen wollen. jetzt mal unschuldig sein. habt Ihr vergessen: von dieser selbstgekrönten jagd befreit Euch keiner! das ( ) ist ein traum. das ( ) ist aber auch ein fernsehen. und das fernsehen ist ein ( ). schon was von der ( )revolution gehört? französisch kann jeder. das ( )kind, ohnbefleckt empfängnis zwischen den akten, dem einmelderwohneamt, dem führungsamt, das eingeboren heißt, einlieger in uns, beschwert Euch diese frage: windel, wielange hältst du? so lang es geschrieben steht, erwidert erwachsen die windel, die eine semmel nicht kosten darf, und wenn ich groß bin, werde ich ( )tribunalpresident, ich habe ein geschenk für Euch alle, die ( )sichel, meine brüder und schwestern im ( ) vereinigt der altar des vaterlands, das anspruchsvolle ( ) der vernunft, majästät, die du über den buchstaben thronst, das wahre licht geht dir aus, und allen, die über den staben und büchern thronen, die versammelten brüder und schwestern im ( ) verweigern Euch die schrift, die Ihr auf der kanzel der bereinigten flur lüstern zwischen denkmal und verhütung sitzen wollt, wißt Ihr nicht: auf der macht seiner gipfel wird der großwähler dem sterbevolke in die arme getrieben.

das ( ), das Euren lippen entkommt, schreibt Euch das gesetz ein, Euer körper wird spannend durch die pressen fließen, die räder, die Ihr erfunden habt, laufen mehr präzis als die vorstellung aller Euch, das ( ), das Eure vorlage war, die bleistiftskizze Eurer trächtigen entwürfe, wird höflich fragen:

„halluzinationen gehabt? unter liebhabern gelitten? die halten das aus! die diktatur Eures einzigen filmes wird ihnen zur ehrlichen sucht. kein höhnisches gelächter mehr. Ihr überlebt jetzt als augendiener.“

so wird es sein: zur verabredeten zeit setzen alle maschinen aus. Euer schriftführer wird verlauten lassen, die produktion stagniere. dies wird eine lüge sein, die produktion fällt aus! die duftwasser- und einwegverpackungsproduktion. da dies so sein wird ... was, dies ist nicht zwingend genug, es fehlt hier Eurer süchtigen einbildung das übersetzende bild, die verklärte information, der schöngeist, den Ihr zum hausfreund macht, der Eure wände verziert? wartet, dann kommt auch zu Euch ( ), es wird in Euren betten wachsen, in Euren vorratskellern wird es wuchern, es öffnet Euch die tür, wenn Ihr von der arbeit daheim, auf den werbeflächen hofft Ihr die schrift zu entziffern und symbole zu sehen, die regierung hat schneebrillen verteilt, Ihr werdet nicht zu den priviligierten gehören, Ihr glaubt, den rätseln Eurer berufe ein weilchen näher zu sein, jetzt endlich öffnet Ihr den mund, unberechnet arbeitet ( ) sich aus Euren lippen hervor, was sagtet Ihr noch, länger ( ) als bundesautobahn.

an diesem werktag, wenn Ihr zur arbeit eilt, tragen Eure bücher keine zeichen mehr.

was ist denn das nun endlich, wollt Ihr dann wissen, Ihr werdet Euch feierlich herablassen müssen, Ihr werdet vor diesem haufen ( ), den Ihr angerichtet habt, in die knie gezwungen sein, Eure kleinen hände, die stark genug gewesen sein werden, einen baum zu fällen, den garten in ordnung zu bringen, den hausmüll zu entsorgen, falten sich im angesicht ( ), Ihr sagt Euch, nun habe ich millionen jahre geschuftet, pünktlich den wecker gestellt, das pausenbrot zur pause verzehrt, den meister geehrt, und das ist der lohnzettel verheißung. gerade noch wolltet Ihr ihn könig rufen, da greift Ihr den haufen und zerfetzt ihn, sind das manieren? Ihr zerreißt ihn ja, schleudert ihn in die luft, Ihr seid gewaltig! aber keine angst, aber so ward Ihr immer, es ist wie mit den ameisen, das kennt Ihr ja, Ihr könnt dankbar sein, daß Ihr vergriffen das jetzt schon kennt: die straße entlang, den privatweg, entdecken die adler Eurer augen ein wimmelndes ameisenvolk. es wird ja stets noch so sein:

sportlich zerschmieren Eure sohlen die vorhut. die jüngste brut jagt hervor. locker zerstört Ihr darüber hinweg. wir können sicher sein! die adler Eurer augen, an knackendes wild verwohnt, geben strotzend den befehl, jede bewegung des bodens niederzureiten, zu diesem zeitpunkt gleicht Euer gefallen einem männlichen orgasmus, statistisch gesehen, Ihr werdet frisch genug sein, „erdboden" zu winseln, wie Ihr es immer getan habt, als es noch zeit war, dem postboten ein trinkgeld zu geben:

ERDBODEN

als wenn Ihr MUTTERBRUST sagen wolltet, alles sauer!

wenn nichts mehr sich rührt, außer der wind in Eurem naherholungspark, der sonntagsmaschiente verkehr dicht auf der fahrbahn neben Euch, Ihr wolltet gerade zum triumphieren übergehen, da trägt es Euch weg, aus den ritzen und unverfilmten spalten schießt der unberechnete gegner empor – EMPOR wird das wort sein, das Euch durch diese träume jagt, Ihr werdet nicht mehr schlafen können, die adler Eurer augen, gebrochenen flugs, ihre fittiche vertrocknet verklebt, sichten keine beute mehr. (da habt Ihr diesen SPANNENDEN blick!)

Ihr werdet gebückt gehn, bodenblick, überall wittert Ihr verrat. in die lehre gegangen? die sterne befragt? kopfends den kosmos berührt? in die leere gestreckt! wäret Ihr tiere geworden, Ihr könntet noch nahrung finden. noch jetzt. noch. Euch ist die sprache immer nur werkzeug gewesen. mit diesem werkzeug knackt Ihr keinen kümmerling mehr. Euer schnabel wühlt im rinnstein kot. seine duftmarke erkennt ihn nicht. was flüstert sie? seid Ihr taub?

„entziffert mich. und Ihr werdet säen lernen. das haus der kranken. danach zurück ins schneckenwerk!
bravissimo privatier! deine spende gerinnt ins unermeßliche.
du hättest 'gewinn' verstehen wollen."

was hinterm berg bleibt: haldol nur noch für die elite.
(HALDOL, daran wird mangel sein. die erfinder werden die ausfuhr verweigern, seine.)
volksheld nun, wer die schrifterlöste indikation entziffern kann – lauter (   ), klagt Ihr Eure symptome vor gericht, da Ihr aber keine schneebrille gewonnen habt, obwohl vertieft in Eurem herzen ein kleiner patriot den muskel schlägt, das könnt Ihr jetzt aussagen, es druckt eh keiner mehr, weißgesagt, blendet Euch richter (   ).
ah, nicht traurig sein: Euch zu gefallen tragen wir das bild nach, das Eurer sucht unterschlagen wurde, wenn also richter (   ) Euch fragt – moment, wir wollen uns nicht mißverstehen, nur richter (   ), keine verteidigung, die möglichst Euer antlitz verdunkeln könnte! im übrigen seid Ihr ja nicht mal angeklagt, nun gut, Ihr hattet Euch an die tägliche prozeßordnung gewöhnt, das zählt nicht mehr ... – begreift dies bitte als generalprobe, dann seid Ihr gewappnet, dann seid Ihr zu Euren gunsten enttarnt, dann wißt Ihr jetzt schon, daß richter (   ) Euch eines tages fragt

„ist Euer letzter wunsch denn ganz und gar unerfüllbar?“

das ist das zeichen! das letzte! wir üben das jetzt mal. Ihr springt vor, springen! da Ihr nicht mehr fliegen könnt, und singt:
wie geht die ameisengeschichte zu ende?
abbruch! habt Ihr nicht immer gesungen in Euren opern kabaretts?
richter (   ) wird ein einsehen haben. schaut doch, jetzt richtet er sich auf, sternenlang schießt er in die höh, dem himmel unabsehbar, das wird kein ende nehmen, Euer herz schlägt strahlend höher zu zielen: überfrachtet seid Ihr, überblendet! Euer körper hat die verfassung verloren. so schlägt es immer. Euch wuchert die werbende verpackung. sie schreibt Euch das gesetz ein, ansatzlos, ohne farbe geräusch.
Ihr werdet aber nicht zurückblicken können, Eure duftmarke erkennt Euch nicht. (muß das wiederholt werden?)
seid artig! wollt Ihr jetzt noch orpheus spielen?
gegen die aktenbühne Eurer zierlichen bunker brandet die walze (   ): lautlos schwappend dunkelt sie ein. himmelsrichtung? fragt Ihr. keine gezeiten mehr! (   )krieg, hattet Ihr immer

gespaßt. jetzt habt Ihr ihn. zeit, neue märchen zu erfinden:

mündlich

aber so ward Ihr immer: die sprache, die Ihr geschliffen habt, ebnet Euch ein. die sprache, die Euch erfunden hat.

da dies so sein wird, fangt an! klingt es Euch nach? die (   )walze, die pünktlich wächst, ungestundet, die Eure siedlungen zerdrücken wird, rollt sie nicht vor Euch her, das würde kein ende nehmen, freßt sie auf! seid artig, (   )wespen, fangt an: (   )fressen nicht gut für bildung. (   )fressen gut für menschenverstand!

da capo al fine

zungendresche

eine redoute für unverbilderte

mit den studien über paunt gings auch nicht gut voran. fließbefleißigt? gestundet? kritiken schreiben? rechtsbündlerisch und linksgestrafft? erst recht nicht. *satzspiegel.* wenn ich das schon hör. da werd ich immer ganz impotent. neulich aber träumte mir, die blättchenblüte stirbt aus. die höhenkrankheit, autistisch verzettelt. das wäre ein gesundes erwachen! wir könnten endlich kinder zeugen, die kämen aufrecht verkehrt zur welt.

mit dem anderen, dem nebbichbei, stand's überhaupt nicht zum besten: saldo mortale, der fund wog nicht schwer.

jetzt muß die ordnung her, ist gesagt worden. jetzt fliegt alles raus, was nicht zur ordnung fügt. also flog alles raus. die pinselzüngler zogen ins mondhaus. dort schlürfen sie himmlischen nektar, und keine stundung trifft sie. der pinselzögling aber, selbstlaut genug, verneint seine irdische dickung und erschlafft. er verdient seine zungendresche wohl eher ambulant als ambrosisch: „wir leben natürlich unnatürlich." „ich muß jetzt zum nordpol." „sag mir wo die mikros sind."

es versucht sich der papiertiger als papierwespe und geht an der schwarzfäule seines kopfes ein. der schwärzer geht schwarz. was schmuggelt er? den käfer in der schachtel, den er nicht weiß. die fliege im fliegenglas, dessen durchsicht ihr ausweg war. das fliegenglas aber, das ist in die schwärze gezogen. der fliege war blinden nach durchsicht der akten. karneval der tiere! die zunge drischt leeres stroh.

ah, diese skepsis, ist sie nicht pompös? vorlauter fragen die antwort nicht. wahrig, ich sage Euch, es fallen die augendeckel schneller als im herbst das blatt. kolossal lyrisch die beine gespreizt und immer dieselbe leier: du weist nicht was du sagst? deutsches wörterbuch. im wahrig aber ist poesie, so war ick bin!

können Sie sich diesen luxmucks überhaupt noch leisten?

so sicher wie das amen des gezähmten tigerfells. apropos *überhaupt.* welche quelle speist denn Ihr gestilltes angebot? wundenlecken und das heilige pflaster der kommunion? falten die händchen und beten zum sohn: „eine gewisse geistige atmosphäre? jawohl! doch heb' ich mir da keinen leistungsbruch.“ Sie sind schon gänzlich dekliniert und fortgezogen ins reich der fanta. des nachschlagens müde trifft Sie der verweis ins universale loch dicht unter der schädeldecke. Sie werdens verschmerzen, da Sie kopflos sind. Ihr mund, der an krücken geht, ist außer sich vor stolz: „jaja, und dann haben wir noch große worte gemacht. und dann sagten wir, ach ja, die großen worte.“ wie in einer schönen geschichte, also.

ende der notiz. der gesprächspartner? ging in die wirtschaft über. wie nie gewesen; also ganz protokollarisch.

was bitte? mal an die eigne stirn geschlagen und höflich nach der verfassung gefragt! ich hör immer nur „locker verdient locker verdient“, und seh den fingerzeig aufs dicke geld der knallmayr und käfer.

auch diese delikatessen sind hart umkämpft. so manchen traf der schlag, weil er im käfer schlange stehen mußte. grad noch wähnte er sich kaiserling, da war der bissen schon vergiftet. erfreue dich an dieser augenweide, wenn der geier unsren mayr knall verzehrt und frage dich, ob das unrentable klagen den geringsten fortbestand vermehrt.

also jetzt nicht aufgesteckt! drei jahre paunt und nichts verstanden, da kommen gut und gerne hundert noch hinzu.

wer spricht denn da mit mir? ich komm mir langsam schon so vor, als säß ich in der klapse, und der teufel aus der spritze bläst mir ein. ich hör immer nur „locker verdient locker verdient“. ist das ein verhör hier oder was. mal schnauze halten! kann praktisch nichts mehr empfangen. mal schnauze halten! wer von euch hat denn den faust gelesen, ganz, und verstanden, viertel. was? ich verstehe Sie schlecht. ich wiederhole: keine richtige saufszene im faust. nur auerbachs keller müßte mal überprüft werden. jawohl, habe verstanden, wird überprüft werden, Eure exkremenz.

mithalten ist da angesagt, wenn der empfang so schlecht ist wie in diesem jahrhundert! und was man durchs telefon erst erfährt: dem heiligen peter ist samuel zwischen den torpfosten erschienen. da braucht man in paris nichts verpaßt zu haben. tolle story! wer improvisiert denn da so fein? ich schlage vor, langsam auszublenden. elektroschock? soll ja vollkommen aus der mode gekommen sein. feinzerstörte zellenklumpen. was denn noch sehen wollen, warst ja sehend schon blind. wollen Sie mich bedrohen, damit? der kann ja gar nicht improvisieren, der ist ja immer so konsonant. keine angst nach bevormundung? ach wissen Sie, ich konsumiere jeden tag das feuilleton, das klingt ganz nach grauen pillen und ist auch eine form von therapie. diese arznei nehm ich geregelt vor dem stuhlgang ein, damit er fest und schwarz ist. es bleibt niemals etwas hängen. manches mal passierte es, daß die zähe kost mir blähung machte und verstopfung, so nahm ich eine pille schreiber ein, weil die ist tadellos verschreibungspflichtig und wirkt sogleich als abführmittel. nebenwirkung? fehlanzeige!

die pille schreiber ist feinverstört und selbstzerklumpend. um gegenanzeige wird bislang umsonst gebeten.

jetzt vor ein auto laufen und sich plätten lassen? ich bitte Sie, das sind jugendträume.

sich ewig selbst in die hände blasen?

in diesem breitengrad wirkt ewig nicht ewig. und außerdem verfügen Sie über eine wohlinstallierte zentralheizung. kommen Sie mir bloß nicht mit festgefrorenen rohren. es ist doch so, daß Ihr kopf nicht mehr richtig leitet, was Ihnen die welt wärmstens anempfohlen.

und haben Sie die welt ohne frostschutz abbestellt, so schauen Sie wenigstens fern und Sie gewinnen die welt wieder gern.

viel los hier, in den studien über paunt. ein geradezu verliebtes zwiegespräch! jaja, der paß muß stimmen. da muß man gar nicht singen können, nur ausholen weit, und das tor fällt von alleine.

kein todesfall, und mal wieder nichts über die welt erzählt? aber die, die steht doch in der zeitung drin! also jetzt mal, das führt vom baumstamm zum blättchen. da wird vermeintlich die zukunft anvisiert und tatsächlich nur die antike bewispert, auratisch.

die ordnung, die ordnung! so kann das hier nicht weitergehn. was neues über paunt? hat jemand „damals“ seine beerdigung verpaßt? noch ein loblied anstimmen?

In meine Heimat.

da fehlt das ‘r’ zuecht! als hätte er’s vorausgeahnt. dann ist man mit dem ‘r’ ins „Oberwiesenfeld“ und hat ein bier bestellt:

mit dem kruge in der hand ist man weltlos übermannt. ein feines lied von ezra der erlosch der zapfhahn schnorrt und gurrt den schönsten tosch. was denn?

Von Anbeginn verfehlt? Wohl kaum!

jetzt rangesellt und nicht den toten mann markiert! du forderst die wirtin zum tanze und wagst den sprung von der schanze:

Die Zeit verlangte ein Abbild/ Ihrer zuckenden Grimasse/ Etwas für moderne Bühnen/ Jedenfalls keine attische Anmut.

na also! ohne kurs und fallschirm, jedenfalls. noch'n bier bestellt mit einer krone aus attischem salz, die prise nicht zu knapp bemessen! das heißt dann übergärig, und das „Oberwiesenfeld“ wird ganz pharsalisch. und wenn hier schon ein weltreich untergeht, und der fahrtenschreiber die straßenverkehrtordnung übertrinkt ...

Nicht, gewiß nicht, jenes dunkle Sinnen/ Nicht den Blick nach Innen/ Lieber gelogen/ als Klassiker übertragen!

ganz richtig! und bevor man hier zu stein gerinnt, und der ausblick völlig verbockt ist – das auge sieht das auge nicht, nachtdenken kommt vor dem kugelfall – also lieber mal so tun, apropos Klassiker, als müsse man das ganze gewicht gerade noch zurechtrücken auf den schultern: kannst du für'n augenblick mein hirn mal halten, das heißt dann klassikerübertragung, und die schulden ist man ewig los.

wirklich, eine klasse übertragung! auch das bild stört heute nicht. was, „lernäischer Leim“? auf den leim gegangen, wohl; den kopf aber schlage man sich täglich selber ab, damit er nicht unsterblich werde. („Ärger mit der Unsterblichkeit“?) macht im monat zwanzig arbeitstage – wochenend ist kopflos von staat aus – und das antike bierbuch der rekorde wäre übertrunken. auf diesem wege sein eigener auftraggeber ist man ohne fernkuß weise geworden. und ohne verrat. klein und schwächlich sind wir uns selbst genug, da bedarf es keiner hehren arglist.

klasse übertragen! aber sei ehrlich:

das geschäft lief schläfft. kaum inseriert war's ruiniert.

ein einziger leserbrief und der fingiert, der rest verschlief und gebiert:

„hab nun ach! den kopf gesuchet
schon an die zehen hundert jahr.

ich find ihn nicht und sei's verfluchet!
dieser leergang ist verlogen und verbissen,
dafür ist mir auch der ganze freud entrissen."

ach, wär es so, es wäre wunderbar.

jetzt ist aber schluß mit dem bildungswisper! vorlauter zukunft fängt man noch an, für die antike zu schreiben. etwas neues, bitteschön!

es war gewesen im „Oberwiesenfeld". da griff zur leisen laute der lyrische held. und er hat gesungen schön, doch in bayern herrschte föhn. das ist ein gott, der läßt vergessen den, der seinen kopf zu kurz bemessen. aus diesem grunde war der sänger wirklich unerhört:

über den lethe
tanzt die grete
geschwind geschwind
du himmlisches kind
laß uns vergessen
was wir vermessen
abgepackt und weggesackt
doch grete hieß nur käthe
die war 'ne alte gräte
so kamen wir zum lethe
leider allzu spete
es war ein großes spucken
nur bis zum letzten zucken
der lethe war nicht umzudichten
so bleibt mir dies nur auszurichten:
wir glupschten ganz verdrossen
montag war geschlossen.

nach dem siebten glase glaubten wir die trauer vertrunken. was wir an bildern zu besitzen meinten, an falscher geschichte, schepperte den orkus hinab.
eine verstopfte spülung! schreit der chor zum wirt.
es heißt „innere verstopfung"! erwidert gelassen der wirt.

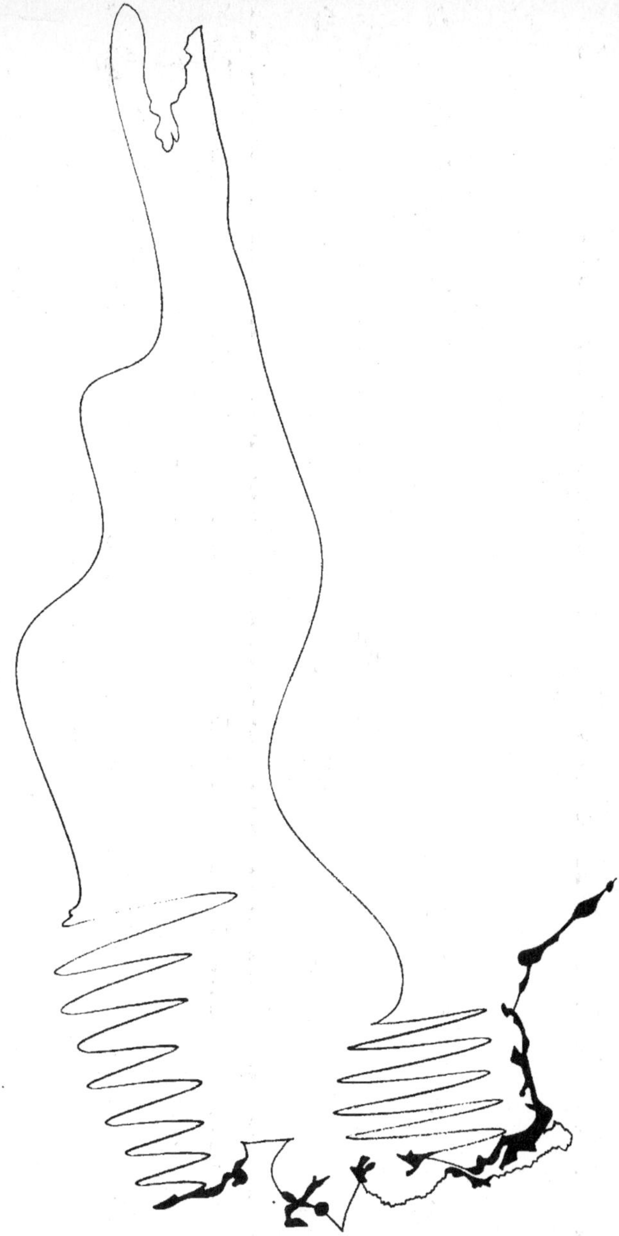

und was schlingert den abfluß hinauf? es ist die verbotene kost, die im spucknapf gärt. (da rede noch jemand von modernem einfluß.) der unverdaute apfel spielt sich mächtig auf, die besetzten bilder fordern freien kauf. ?

ist dies kein hausfriedensbruch? wo steht geschrieben:

reimen heißt schleimen: qualstern und qual-stern. daß wir hier alle ohne fahrkarte im großen wartesaal sitzen ist doch kein staatsgeheimnis mehr. und dann kommt das originalgenie durch die salontür geschwappt und gibt 'ne runde für alle. das nennt ich soziale gerechtigkeit!

Hüte dich vor Abstraktionen.

wollten Sie nicht über paunt erzählen?

ich praktiziere ihn sogar: ein pfund bier für alle. das besondere in die allgemeinheit! etwas für moderne bühnen eben: marode übersichtlich informativ. und verzog seine zuckende grimasse.

entschuldigen Sie, haben Sie noch einen blick hinaus aus Ihrer wortkartäuse?

hinaus jawohl, doch hinein ist mir der blick verstellt. und fehlt das wort, ist zum blicke rasch der zaster gesellt.

Sie da! mit Ihrem unbetuchten mantel. was Sie sagen, ist reiner schafott. da kräht kein hahn ein drittes mal.

eben. die hähne sind schlauer als wir. gerade der zapfhahn ist nicht gerade sondern krumm. er weiß genau, daß sich der meister selbst verrät. er kräht nicht, er schnorrt: aus meinem halse trink, dann steigt das eisen, das wurfgeschoß. paunt, übersetzt in dies jahrzehnt!

geschwätz! Sie wollen auf deibel komm raus Ihr eigenes ehrentor schießen.

bin selber eigentor! und schnell einen witz erzählt, die drohung zu gebärden:

erster pfleger: „der hypochonder ist tot."

zweiter pfleger: „jetzt übertreibt er aber."

sind selber ein witz. wenn aber ich einen tisch fabrizier, und der wird gekauft, dann heißt es nicht gequatscht, da kommen die teller drauf, und dann wird gespiesen.

es heißt aber auch: solange du deine beine unter meinen tisch streckst, wird gegessen was auf den tisch kommt und wenn du verreckst.

Sie da! in ihrer verseschmiede, da stimmt's doch vorn und hinten nicht. wenn aber ich einen tisch fabrizier, da hat man was für's leben. es heißt nämlich auch: „Setzt euch hin und redet nicht soviel über Dinge, die man nicht essen kann".

das originalgenie hatte recht. sein tisch war echt. da gab's kein rütteln, kein gezeter.

bei Ihnen bleibt alles nur skizze. ich liefere die haltbare form! sprach's und zahlte ein horrendes trinkgeld. (winkelgerechte arbeit ist eben ein wert für sich.)

jetzt benommen die segel streichen?

„Unsere Alltagssprache ist die der Prosa, wir reden nicht sehr oft über wirkliche Dinge", sagt unser bruder im granit.

und, ist dies ein trost? gezahlt werden muß. jetzt schon zahlen? ich weiß zuhaus einen tisch, den gesellte mir der floh. paunts blätter kriechen dort, unverbrüdert, lose. den tisch strich mir die ernte ein, da jagte schon quer durchs holz der wurm. das holz kommt auf die welt und fleht, schickt mir die larve, nur als kristbaum schlachtet mich nicht, mir träumt von einer harfe.

nicht jeder traum gelingt, auch wenn man um ihn ringt! und, ist dies ein trost?

hören Sie mal, Sie neunmalkluger, bläst vom abseits der wirt, nun sind Sie letzter kunde, ich weiß nicht, ob Sie den rest Ihres abends hier noch lebend überrunden wollen, augenblicklich aber sperrt die stunde.

Sie sind mein kompaß, umarme ich den mann, der stets sein bester kunde war, und gab einen letzten trinkspruch aus, der in die leere runde gähnt:

in dieses hirn da kommts mir
kein gedanke nicht mehr rein
und wenn erst alle raus sind
– die sozialkasse sei meinem hohlkopf gnädig –
geh ich entschlossen zur wirtschaft rüber.
he wirt, sage ich, ich hatte heut
so verhetzte gedanken über politik und
ähnliche sinnflut, ungefähr zehn
genau, da muß ich erstmal zehne
biere trinken, das gedankenbös
sinntvoll zu ordnen.

und dann, ich versprechs, geh ich
geschlossen zu meiner
wiedervereinigung
über

der rest war rausschmiß. so endete die große schlacht im „Oberwiesenfeld“ mit einer großen niederlage, eben ganz pharsalisch. aber mal ehrlich: eine republik ist hier wohl kaum vernichtet worden, es brannte nur dem tiger das papierne fell, darin nach alter sage das ichlein der modernen leier kauert.

zuviel gelesen? immer zu spät gewesen? heutzutage können wir froh sein, nach versperrter stunde wenigstens zeitig heim zu finden. was finden wir dort? kein gratulationshof wird uns empfangen, den leergeschwärzten kopf zu kränzen.

schlüssel vergessen? „antike oder zukunft“ heißt der sesamspruch, und das tor der mietskonserve ist entzaubert.

in diesem kartenhaus, da braucht's den flächendeuter! kein licht, das richtungsweist, kein ‘die stunde ist’ vom umnachtungswächter. also frisch hineingetappt ins weiche loch. die lunge funktioniert/ die nerven sind ertrunken/ das herz ist ruiniert/ der mond ist längst gesunken. hokuspokus, hallt es nach. da muß sich der neusprachler völlig in der tür geirrt haben. totenstille. was, keine glocken? ist um ruhe gebeten worden? da winselt doch was! dem winseln folge leisten? am ende gerät man noch unter die welt. rundfunkzaster nicht gelöhnt, und es rundfunkt stromlos pauschal? das nennt ich demoskopie! jetzt schrittgehalten! auf allen vieren dem fisteln nach, entpuppt sich eine klare stimme:

„Ein seltsam Land durchquerten wir// Da lag ein Dichter in seinem Sarg/ bei Wein und Brot im Sonnenschein/ und Verse sprach er in den Wind/ ‘Kollege’ rief er ‘lache nicht/ ich hab’ die Form die mir entspricht!’“

na sowas! dem muß doch nachgegangen werden. belesen oder betrunken? will dort jemand unken? wie dem auch immer sei, es war schließlich einerlei. der weite weg hat nicht gelohnt, das haus war restlos unbewohnt.

universale bedrohung, im dunkeln hier? in dieser situation ist auch der reim keine bannmeile mehr. da hilft nur fortschrittlich sein und fortschreiten: übers dach in den keller und wieder hinauf, es war stets derselbe lauf. „Der Himmel“? menschenleer, kein auge das begehrt. fundamental? ohne gewähr. heißt nicht leben heißt verjährt.

ich werd den ton nicht los. seit stunden die mühle im kopf, werd ich den tod nicht los. er löst die zunge bis sie drischt. und wenn es nur ein gestus ist? es bleibt immer etwas hängen: vom bösen gerede.

war es die rede wert, die erde?

aber aber, wer will denn jetzt noch ‘ich’ sagen wollen!

stunden im dunkeln getappt? gesetzt aber, es wurde niemals licht? das wäre ein billiger schluß. und wenn schon, laß ihn leuchten von angesicht zu angesicht. der trost der dunkelheit ist ein feines gehör.

Es will sich mir nicht einfügen.

eben, drum soll’s für heut genügen.

von paunt abgekommen? ich bitte Sie, bei dieser dunkelheit!

aber wer kommt nicht von paunt ab?

jetzt ist er eingeschlafen. hat der landesdeuter endlich ausgeträumt? capitulatio benevulgentia, was! lieber gelogen als prügel bezogen.

hirnochs, damisches. stürzt besoffen zu boden und schlägt sich den kopf an. und was da quillt, das ist schon sehr interessant, das ist kein blut, ist soße. kloppt fromme traktate und zahlt die himmelmiete nicht. traktiert die nachwelt bis sie bricht.

denkt wohl: diese soße hat bestand, da ist nämlich ungedeckter mütos drin. doch merkt es erst der dummverband, wenn ich aus diesem käfig tot entflogen bin. irreführung der behörden kostet aber nen zapfen wiedergutmachung mehr! und? hat er’s gelebt? hat man ihn ans kreuz gesteckt? nichts derselben, die nacht versoffen und tausend märtyrer getroffen. tags darauf wird dann erzählt, sein genie hätt’ ihn gequält.

zitiert dann quer durchs tote beet und erntet nur den denkmal-schmutz. träumt wohl: war auf der welt hab bißchen geschafft, der rest der hat mich weggerafft. und wenn der rest das ganze wär? so gäb es noch die feuerwehr. das metrum stimmt ich kann jetzt gehn die asche glimmt auf wieder sehn. unsere antwort: da fördert der reim zutage nur leim und das ohne frage. gehört dies auch zusammeln auf prosa hieß es stammeln.

dem quacksalbader muß auch dies zu denken geben: man soll

hier nicht vermessen sein und geb nicht aus als messewein was nur ein hohler tropfen ist.

„pharsalisch“ denkt er sich den mummenschanz, die kopfgeburt. sein olymp heißt großlappen, da wird man ihn mitsamt dem mist verklappen, den er den braven bürgern aufgebrüht. ich seh ihn schon auf einem thron der rücklings in die gülle sinkt. schlachtroß auf stilblütenjagd und ab geht die glosse in die gosse. ein versöhnlich schluß der komedy, wie er so ganz alleine sich zum abschied winkt.

jetzt macht er eine welttournee durch tiefen pfuhl und künstlich schnee. jetzt riecht er selbst was er verbrochen bald hat er sich wohl totgerochen.

aus dem jenseits: das war nicht immer so!

ja dann, dann sind wir froh, das märchen stimmt ja so nicht oder sowieso.

garten

f.m.

Friederike berichtet von einem haus das langsam verschwindet; und jemand ist bei ihr und hört ihr zu. und jemand ist bei ihr und veröffentlicht sein ohr.

und ein haus, das langsam verschwindet. während friederike berichtet und jemand ist bei ihr und hört ihr zu und jemand der bei ihr ist veröffentlicht sein ohr verausgabt sein ohr, verschwindet langsam ein haus.

während friederike berichtet und jemand ist bei ihr und hört ihr zu und jemand der bei ihr ist veröffentlicht sein ohr verausgabt sein ohr, schreitet oder geht jemand durchs tor oder törchen oder schreitet und geht jemand über den kiesweg hinter dem tor öffnet jemand viel zu verzögert das ohr des tores den förmigrunden kugellauf den blaugefaßten metallkopf des tores törchen wachhund verdreht einer wie gerufen den knauf, verschwindet langsam ein haus.

schmirgeln von kiesgrund von felsspat von unter der sohle schimmernden von unter der sohle schimmernden furchen pferdespat *sprechspäne* oder und auch so etwas wie praktizierte einsatzrhythmik GRUND GEHEN

...

der vormals unbeschrittene garten; oder vorher, nachmals.

nämlich als er ganz verkommen ist, und keiner war da ihn zu beschreiten oder abzugehen. hineingewankte prachtverfallung, fällt mir ein.

abgewohntheit, unbekümmerung.

zum beispiel kartoffelbeet da hinten links total vertrampelt oder natursaat mit unbekannten. frei betretbares von nichts mehr unterscheidbares beet.

mal im kopf zergehen lassen *von nichts mehr.*

da wo kartoffeln steckten kann nun drübergelaufen werden. der gesamte garten versaut entregelt entufert: ich sage mal *zersprengelt.*

schutzwall strauchgut mit weißen prallen beeren mit dichtem bewölktem grün oder so tieren wie vorspringen oder verhindern durchlässig entwurzelte fadensonne. oder jemand der ihr zuhört hat einen rückenverfall zumindest ein nicht-mehr-stehen-können sondern halbliegen und zuhören und fällt ihr kaum ins wort und auch das ist so eitelkeit.

es ist *ihr* haus es ist *mein* haus. und der blick dieser vonstattengehende blick dieser jetztblick dieses blicklings vor augen stellen: *was ein ding zum bilde macht,* fragt uwe.

friederike grünblatt weißblatt friederike ich. bist du mit mir über den kiesweg geschritten; apfelmoräne muräne schattenmorelle?

alles überwinterung überwucherung; zepterkönig tanne, himmelvoll. und überhaupt wie gesagt, wo kartoffeln waren, strauchbeet und gartenzaun, zittert so etwas wie bodenlos. ist das nun der freitritt, ist sowas wie rückblick atem zu behandeln? ist jetzt die zeit hineinzustürzen. *ob jemand umblättern möchte verhandeln.* dort auf der tanne verhallten schritt und ruf einer person wie mutter.

und sollte das nun, dieser haufen selbstvermehrte überziehung, sollte das nun so etwas wie ein letztes auge sein, ein hingeworfenes zurückgefedertes augenpaar, sollte das nun so etwas wie ein letztes auge sein? so wie auf dem foto wo du stramm stehst und es gibt noch jene unbebauung sagen wir mal bestrafung unbereinigte flur natürlich kurze hose schultüte rosenbeet und jemand steht neben dir und 68 ist spurlos an ihm vorbeigegangen „geflutscht" steht aufrecht steht so dahin. hat so einen abgewinkelten blick und trägt eine hose in blau ein hemd mit krawatte und der selbstauslöser wie ein verschwundenes verschwinden wie ein augenfotograf hält dich fest wie dahingestellt als einen, der im nachtrag einen solchenen abgang aus dem gedächtnis fotografiert, der diese wohl letzte umrundung kirschgarten birnenbäume holunder und hölle, diese duftmittel klangdolden, diese jägerkrone haaresbreite, dieses sich einmal in aller ruhe gegönnte nüssebewispern wiese dreischritt oper und wirklich *draußen* an der frischen kultur verschlägts den atem notiert sich das abgelichtete söhnlein in die hirnwalze stempelt mal so salopp gesagt mal so mal gezeichnet also wiedersehen tanne und waldhaufen in dem wir ein leckeres feuer machten und wiedersehen auch oder auch so etwas wie eine kartoffelstraße gewissermaßen und wir saßen im grünen wagen und herr tings aus obermaubach mit kinderlähmungsarm ließ uns auf rädern rot mit schwarzem mantel den hügel hinab hinauf und links so etwas wie die deutsche wackerstein so etwas wie die deutsche mauer die alles einfaßt die alles ausläßt über die zu klettern ein kinderspiel nämlich auf die schattenmorelle hinauf und vom sims hinunter in die gestrüppwelt wo vieles zu finden war und zuletzt hab ich mal irgendwo gelesen alles zählwerk zeichenstock ist tango für einen willen namens sage was nicht bei schopenhauer stand und auch isidore namens isou hätte jetzt ein sagen apropos aufschwellen und zerstören alias kultur dort stand das ziel entsichert hier ist es verstockung. die wahrnehmung einer zu spät übersetzten vorhut läßt nichts als augen sein! und für diesen sachverhalt haben wir nichts.

auf dem hügel als dort wo die tanne stand und augenhoch reichten die schritte hinauf die schrift und dann öffneten sich einmal die flügel die immer zurückgekehrten wiederholten und es kehrte sich so etwas wie eine hausgemachte wiese eine weide eine blühung hinaus eine fruchthinaustreibung aus so etwas wie der mitte eine mittung als so hinaus eine markung festung kernung und über wiegender weisung des kreuzgestämmten baumes hörte sich so etwas wie geknister mutterfaltige stimme heraus aber das klingt nicht das schweigt wie extra aus der mitte hinaus auch wenn es sagt ich versteh dich trotzdem und meine gedanken begleitigen dich. ich sage dies ich verhöre dies ich vergesse sogleich deinen namen.

fremdeln, ist das ein hauch von kapitel oder kapitulieren?

gärten der erinnerung oderund *hängende gärten* sogar?

vorbei nochmals am annaäpfelbaum der gelbe reife äpfel hatte an grünstrahlender winterkost was ein apfel eine birne war die im keller reifte an diesem gesträuch gestrauch diesen birnen- und apfelbäumen vorbei.

und vorbei auch am liliengewächs so gelb etwa oder blau rechtsbeetig sozusagen vom haus aus gesehen und nicht zu vergessen himbeer johannis- und stachelbeer die aus dem boden stakten mauerlinks und auch schon mal pfirsisch und traubenfrucht aus denen nichts wurde regelrecht das ganze pack ist verschwunden die zäune pfähle neu gesteckt pfund- und kartoffelweiß. reinweiß. und keine sorge den ungeglichenen den längst schon und zwar gedrängterfaßten tief-erhöhlten den stoßweise erfaßten nämlich ringsum hirngefilmten staffetten ich könnte jetzt ein kindheitsfoto rausholen und ungemach das ganze beweisen mal fotomäßig was ich sagen wollte ist diese gepflegtheit diese blütenstürze und kirschbaum schattenmorellen morellen und zugang tatsächlich zu – ich möchte hier mal unterbrechen – *geheimniskrämerei,* sagt mein volk meine mutter – denen kein überblick war. und nochmal mit dem fahrrad reiten bei dieser bein bei dieser bei dieser beinkälte so fuhr mutter immer in die schule mit dem rad wie sie sagte und so fährt mutter immer noch mit dem rad in die schule hier wo eine vorstellung nicht einmal sprache ist davon mehr so etwas unbelebtes abgewandtes oder verwandeltes wie ein daumenkino eine frei gewordene entdeckung.

wege unwegsam allesamt es führt zu nichts es führt endgültig zu nichts es ist als führte es zu reihenhäusern namens nichts oder vollgepumpten hinterhöfen wie mit strahlenden laternen und ein staubtest mottet das revier ein. ein balkonblick wenn vonstatten oder möglich ein um die springenden fassaden sausender ein aufräumender blick.

es sehnt mich nach unverständlichem. chausseen, sprachdecke, kalkfrei. oder zum beispiel ins hirn mir sagen wenn da so ein auftauchen ist von fotowindmaschine starres raster falle verbindliches so etwas wie zuordnen von in etwa fünfundzwanzigjahrealten gerüchen oder auch gerüchten wie da etwas vor der inneren linse steht. und steht es da und riecht es da an und ist es so eine einheit ein insgesamt runder monadenmops so eine für sich erwärmte wahrnehmbarkeit ein verbindliches dafürhalten wenigstens ein deswegen kopfnicken wenigstens und wenigstens nichts weniger als ein soeben zu boden oder gehsteig bürgerhof straßen ein so gelbes braunes undsoweiter sich durch die luft undsoweiter hangelndes undsoweiter blatt oder baumstück oder noch so ein foto oder papier oder undsoweiter papier oder papier wenigstens frage ich mal oder in einer entfernung wo man sehen sagen kann daß wenn ich noch nicht ganz hinüber daß wenn ich wenigstens noch nicht so ganz da wo es hier war und doch auch schon nicht mehr ganz wo es ist wenigstens wenn ich also so dicht davor bin und es geht ein fenster auf und es stellt sich ein auge ein und es ist ein blick der ich bin und es ist ein auftauchen ein blatt ein braunes gelbes undsoweiter und ein bemerken sagen wir mal anblicken fallenlassen es ist dann aber auch nicht zu vergessen ein fragen ob wenigstens der ich sagt ein blick bin oder sozusagen 'bin ich im blatte'? 'bin ich schon zum fenster hinaus?' bin ich denn schon eine abführbereite monadenmotte hier in krallenland eine marode ein marönchen verdauungsgebieter „und kehre die menge wie schutt". ein papier bloß?

dann oder danach ein weggeistern zurechtklempnern gewahrwerden. nochmal die tanne hinauf und nochmal die aussicht genießen. und nochmal die tanne hinauf und nochmal aus dem foto hinaus in die schächte und jahrgänge treten vielmehr ein- oder zurechttreten. oder vielmehr geht es dir nicht manchmal so als daß du den jahrgang 90 im rückspiegel behaltengekrümmt einfach mal so jahrgangsschmiere na raus schon schneckenmäßig besser fandest einfach besser fandest als vierundneunzig wo seitdem jemand zu besichtigen ist düren friedhof nord da ganz hinten an den buchen- ahorn oder h o c h g e s c h o s s e n e n h o c h g e s c h o s s e n e n h o c h g e s c h o s s e n e n rotbuchen braunkastanien farben bäume relationen und wenn ich mal einflechten darf „Die lebendige, natürlich wachsende Sprache geht von Wahrnehmungen aus und fixiert sie. Darin liegt der Stoff zur Verschiedenheit der Gebrauchsweisen, weil in der Wahrnehmung immer mehrere Beziehungen sind". auslassung. „Aber wohl ist nichts *Abstraktes* ursprünglich in der Sprache, sondern das *Konkrete*." und da war so eine betende gewandgefaltete so eine in form gegossene gestaltschüttere endlich einmal so gesagt war da eine betfigur oder auch beetfigur aus ich denk mal stein vom ortsansässigen steinmätz das ist ja das niederstechende das ist ja das augenschlagende die augenschande ich will eine eiserne wucht eine wahre himmelsfigur für dich ich will eine eiserne eine eiserne eine eiserne wache eine ausnahme für dich und nicht aber diese erbärmliche gottesmutterfunzel oder was es denn für eine aufgabe hat aber nicht so eine niederträchtliche kunstgewerbeschnalle jetzt hammers mit soner plastikrosenrotenrose und jemand steht da wenn er da ist vor dir und jemand der vor dir steht und da sein könnte für dich und jemand so aufgepflanzt vor diesem tiefbau-särglein hundehütte jemand kommt mit leerer hand und köpfen voller zurechtordnung deiner abbiegung verschwindenheit   alles stauraum   alles ersatzansicht   alles ersatzspurensicherung   alles ersatz sondern das *Konkrete* kurz gesagt ich möchte auch so einen schönen katalog für die büttner für dich wie heimrad prem einen hat der rattengift nahm 24. juni 71 des jahrhunderts „was immer ich tat, ich griff in den Dreck, also kaufte ich mir eine Tube Rattengift" so begraben so bist du so bei den kindergärten und nicht nur venedig auch düren „künstliche Rosen,/ Photos von artig gekämmten Kindern;/ vergilbtes Lächeln. Wem?" kurzgewinktes abseits augenschwarz, wo du liegst im fünfundzwanzigsten.

es ist ja noch vielmehr immer so daß wir ein wort finden oder erfinden oder zumindest erfinden wollen für sagen wir mal diese gesamte hier anberaumte gartensituation und dann die hausverschwindesituation und dann die soeben abgewinkte friedhofssituation und das wörtchen so wir da noch etwas mitzureden haben soll es dann insgesamt gewesen sein man sagt es und jemand der zufällig daneben steht neben dem gesagten und neben dem wort sagt es sich oder laut oder lauter vor sich hin und sagt dann dazu noch wenn es ihm gefallen hat oder wenn es ihm mindestens einleuchtet und vielleicht nicht so recht gefallen hat oder er weiß noch nicht so ganz dann sagt er mindestens ja das ist zum beispiel ein solches wort das man gut und gerne dafür sagen kann das paßt womöglich auf die hausverschwindesituation und die friedhofssituation und die gartensituation und dabei wollen wirs belassen und wollen uns den sogenannten dingen des lebens widmen und das macht dann ja insgeheim auch ziemlich sprachlos.

nicht so hier in diesem doch ungefährlichen ambiente da will man doch einmal noch hinein ins erdreich und wenn man schon kein foto hat oder kein foto mehr hat von der erdabgewandten seite der fotos die vorhanden sind und die das möglicherweise mehr oder weniger gelungen besagte *treffen* was zu sehen ist oder genauer hinter dem zu sehenden war und folgerichtig jetzt weg ist verschwunden wie gestern wie morgen heute.

verstanden?

zum beispiel gehen wir sagen wir mal in den supermarkt und gehen dort hinein mit diesem foto im kopf mit diesem augenblicklich ganz klar vor augen stehenden foto dieser landschaftsablichtung mit eigener person darinnen und gehen also wanken in diesen supermarkt mit diesem foto so irgendwo im kopf im haupt das foto muß da ja irgendwo stecken in den schaltzentralen hausen sagen wir mal man könnte das foto sagen wir also mal mit einem geschickten messer oder licht mit einem roten bündel licht doch dort hinausschneiden brennen müssen und weg ist die erinnerung und guten tag fünf pfund kartoffeln meinetwegen.

so aber mit diesem wankenden foto und das schönste ist wir wissen nach weniger als augenblicken ja nicht einmal mehr was genau oder wenigstens so ähnlich dort sich abzeichnet als figur als grund als plastisches gewölbe warum soll ich das jetzt mal nicht sagen was war es noch was auf diesem foto war außer dahinstehen in sommerlicht und rosenbeet wildes hinauswachsen grünzeug bäumlings links ein baum und wiesengrün schultütenbegrinster haarschlag so nach rechts weg geseitelt und noch jemand rechts daneben wie erinnert ja lieber uwe „über das menschliche gehirn sind tausend einzelheiten bekannt, sonst nichts“ wie gesagt und was war es noch was da denn insgeheim möglicherweise noch da ist und dahintertritt oder schleicht da schleicht doch was das kann es doch beim beten willen noch nicht so ganz oder ohnmächtig gewesen sein das kann doch nicht die ganze fehlfarbe gewesen sein da muß doch noch irgendwo die tür eines kommissariats aufgehn oder sich auftun und heraus schritt ein mensch und auf dich zu oder mir und geht ans werk ans eingemachte entschuldigung an die zahnreparatur schuhewichsen seelenassistent arbeitslosenfürsorge allgemein arbeitsvermittlungsjetztzeitverlängerung und kommt hinaus oder heraus das habe ich nie zu unterscheiden vermögt und versteht nicht und versteht nicht wie überall nicht versteht und scheint was zu sagen bricht aber in so etwas wie tränen aus und fummelt mit so aus der gartenverwahrlosung herausgeholten kartoffelargumenten herum und ist dahin sprich weg aber so ganz leise so spontan und muß mich wohl getäuscht haben.

das schönste aber ist daß dieser garten daß ich mit diesem garten noch nicht ganz fertig bin und wir also noch etwas hören werden und zwar aufrichtig versprochen so derb aus der inneren versenkung geholt noch ein bißchen etwas das ich eigentlich aufheben wollte für die zeit daß wenn mal der zeitpunkt kommt daß jemand so vor dich hintritt und du denkst noch jessas jetzt aber mal geschmacklos oder nicht oder stinkend na du weißt schon oder zumindest parade bei fuß und zunge bekennen was de so alles erlebt hast wo de warst und so und wo de was erlebt hast und was und was der spruch des lebens ist und raus damit was momentan noch unterbrochen werden muß

und es gab winkel wie boskopf wie streuobst platzende ohrenfrucht wie schmähsinn verzweigte *silbentruhe*

ich also auf der schlackernden tanne obenauf und so etwas wie ein stimmenskalpell aus richtung muttermund aus jener vielbesagten verdünten aus jener vielbeerdigten losgestreuten aus jener richtung der aus jener sagen sagen wir mal weggesteckten verspätung verheimatung verabsolutiermaschiene oder maschinenplural

und es gibt da eine innere einstellung die holen wir doch mal bitteschön ran ja die ziehen wir bitteschön als ein sogenanntes bewegliches objekt mal vor die ableselinse und dann wenn wir da mal den überblick haben fassen wir zusammen wie folgt:

dieses objekt ist ein rufen oder ein maulvoll hinüberwinken mit lauter stimme auch wenn das alles hier jetzt ja stumm ist. es ist so daß ich plötzlich aus gegebenem anlaß hier punkte einflechten möchte. auch möchte ich versprechen schöne dinge fürs aufhorchen zu liefern als aufwandsentschädigung „daß aber niemals/ er zögern werde/ in den dreck zu fassen// um herauszuziehen/ was vielleicht/ einen stoff gäbe// für poesie///“ vielleicht sicher vielleichtja.

es ist nicht ganz so als sei friederike verschwunden und mit ihr ihr haus und mit ihrem haus der garten das ganze. es ist vielleicht vielmehr so, daß nur ein einziges türeoffenhalten für nicht ganz abkacken den rahmen gibt für die zwangsjacke einzugestehen nicht zeichenkunst nicht vondergrünen herbstzeitlose glatteis vielmehr so weitläufig dazwischengelegen so hineingetrümmert zugestöpselt wollen mal nicht tragisch sein ...

zum ursprung zurück verbunden mit diesen augen als ein

erinnert sich nicht ob diese tanne ihn möglicherweise hinaufzuklettern übel zu stehen kam als da wären nicht zu systematisierende zweige – „der bei weitem klügste weg, verrückt zu werden, geschieht durch ein system“ – bruchstellen und -stücke, schorf anhand rindensplitter, verdorrtes das von selbst fällt (von selbst?) und vielleicht war es nur dieses obenauf sein und sitzen ein tatsächlich überhören zu können und hören und sich nicht verkehrende blicke. *epidermis* ist ein wort das so plötzlich hochschießt das ich augenblicklich schätzen lernte wie zum beispiel diese vorstellung daß mal die wippende spitze die krone der gipfel der tanne bricht ... es ist, um nicht näher zu kommen und mutter im blauen obstkittel kehrt den rücken und füllt die gläser ab. aus dem gummischlauch des kessels fließt brodelndes apfelgelee. die mit zellophan verschlossenen einweckgläser ziehen kälter ihre gummigeringten dächer ein. keine stimme mehr, nur wanken und stillstand. apfelschaum war immer das beste. morgens apfelschaumbrote oder gelee vom zwiegespaltenen quittenbaum. quittenbaum, der zur erde hängt. trauerweide, kirsch- und apfelbaum. quittenköpfe, die zu boden gehen. flüchtig eingesammelte apfelernte. stachelbeerstau im plastikeimer, johannisbeer und schattenmorelle.

daß da mal der bagger drübergeht, und auf dem balkon des hauses steht ein graugefrackter mann, der den bagger aus der ferne lenkt. daß ein haus verschwindet und daß mutter verschwindet, und daß sie so gleichzeitig verschwunden sind, während du vor jahren im garten auf der schaukel sitzt oder mit dem neugeschenkten ball ein neues spiel versuchst. während du nämlich auf der schaukel sitzt oder du wirfst den ball hoch hinauf in die äste blätter der pappel, wußtest du nicht, daß ein haus verschwindet und daß mutter verschwindet. mit dem verschwinden des gartens ist auch mutter verschwunden und das haus. mein garten mein hausrat mein sprachloch.

und die stimme der geerbten mutter rollt übers winken der ansichtskarte als gehe der *abrißkalender* nach.

zum ursprung zurück verbunden mit diesen augen als ein historisches was nicht zu machen ist.

daß du davorstehst und jemand ist bei dir und hört dir zu. und jemand ist bei dir und veröffentlicht sein ohr.

und ein haus, das langsam verschwindet. während du berichtest und jemand ist bei dir und hört dir zu und jemand der bei dir ist veröffentlicht sein ohr verausgabt sein ohr, verschwindet langsam ein haus. und das haus das verschwindet und mutter die verschwindet und das zuhören verschwindet das pflücken und das wachsen das verschwindet. und die tanne verschwindet der ball verschwindet der grund verschwindet. und mit der sonne verschwindet heller und heller das foto das bild und mit dem bild verschwindet das haus das verschwindet der garten. und mit dem gartem dem bild dem haus verschwindest du auch.

der wabenfrosch

eine lesefigur nebst bestiarium, krimi und bettlektüre

wie Sie sehen, liege ich im bett. ich liege auf dem rücken. ich werde aufstehen aus diesem nest und in die pantoffeln schlüpfen. ich werde mir die zähne putzen. ein weilchen noch, dann bin ich wach. eine kurze drehung, eine seitenlange vielleicht, schon öffnen sich die jalousien. ich bin jetzt bald soweit. habe ich „jalousien" gesagt? etwa *Jalusien aufgemacht, Jalusien zugemacht?* ich bin jetzt bald soweit. bald bin ich auge genug: *Jaluzien aufgerauft, Zuluzien raufgezut.* jetzt bin ich für Sie da, jetzt schlüpfe ich aus. mitten in der nacht. was Sie da hören, ist der igel, der auf der terrasse mit einem teller katzenfutter klappert. der kerl wird demnächst in den winter gehen.

nun zu Ihnen. Sie fragten also, was ich den tag so treibe, nachdem ich hier eingezogen bin. Sie sagen es, ich treibe. ich verbringe die jahre. ich höre zu. ich öffne den mund und schließe ihn. am liebsten aber schlage ich mir den wanst voll und liege im bett. wie Sie sehen, liege ich auch jetzt noch im bett. hier studiere ich vorzugsweise die weltliteratur. ich bin also einer jener vertreter, wie sie in deutschen büchern stehen, ein deutsches sofa. ich bin also vertreter. ich vertrete mich. ich bringe mich durch die zeilen. ich bin ein landschaftsporträt. ich sehe doch, was ich sehe, und höre zu. hier zum beispiel, nachts dient er mir als stütze, liegt der *Froschmeuseler.* frösche. mäuse. tiere als staat, als denkmal und übertragung. bruderkrieg. ...

Sie können jetzt fragen stellen. sie könnten zum beispiel fragen, ist das angeberei, ist dieser schinken nur vorwand? ich möchte Ihnen antworten, in diesem schinken bin ich unterwegs, er schmeckt mir, mit ihm erlebe ich – wie sagt Günter Bruno – die seltene möglichkeit, den tieren näher zu kommen. aber soweit kommt's noch, daß ich mich hier erkläre. etwa über das verhältnis von tier und staat.

den tieren gab der liebe gott aufrechte namen. also nichts dergleichen wie „Der Unbefleckte", „Der Unberührte" oder „Wer-ist-wie-Gott?". sondern *Ruehrendreck, Pauspeck, Schluckmuecker, Abendtschreyer.* frösche, allesamt. persönlichkeit.

überliefert von Herrn Georg Rollenhagen, dankbar aufgegriffen von Herrn Fuchs. nachzulesen in Herrn Rollenhagens »*Froschmeuseler*«, oder, wenn nicht greifbar oder unleistbar, in Fuchsens »Sandomir«, wo persönlich nur *Herr Abendtschrey* in erscheinung tritt.

ich privat habe nie so schöne namen erfunden, nämlich gar keine. das namenerfinden ist meine sache nicht, sagt man. gibt es denn außer fröschen noch namen?

sagen und widerrufen. oftmals eben eine tateinheit. nämlich doch mal ein paar namen erfunden und zwar buchstabenstellerisch anhand einer höchst merkwürdigen zeile von Josef Anton. aus dessem klangvollen „barinaste cheniner-ners," aus dieser musik wurde im handumdrehen tierischer klartext.

dahingegen erscheinen bestiarienschrannen an biestern rar:

„Irrenten, Einasenbarsch,
Bierstirncaesarhennen,
eistarre Rinnenschaben,
besinnirre Nachenstare,
Innenscharrer, Steinbae-
Ren, Sinneber, Tarnai, Sche-
renranbeisser, Einnacht-
schnarre, Nabenstiere, In-
Ster(n)rabe: Ariennischen."

wenn wir schon mal bei den tieren sind; da Sie mich aufgeweckt haben, wird es wohl darüber hinaus erlaubt sein, ein bißchen zu plaudern. mein plaudern, mein erbrechen. denken Sie hierbei – „b" wie bitte wie *Bausback* – meinetwegen an eine lesebuchbarabel von Böll. Sie werden mir im folgenden also folgen müssen. Sie werden meine wege gehen. von frosch zu motte, von tresen zu bett. von buch zu tod, von mir zu frosch. schlafen wachen, wachen schlafen. bis schluß ist. Sie fragten also, was ich den tag so treibe. ich treibe es. ich reite den inneren parcours ab. ich suche ein hindernis und treibe es vor mich her. ich prüfe den stillstand und rühre im dreck. ich – atemholen! – inventarisiere. womit ein anderer Günter – ohne Bruno – ins spiel gebracht wäre. wissen Sie, spielen ist meine währung. ich wehre die luftblasen ab, die aus dem filztuch 'abendland' steigen, aus dem rückennest. steigen auf, und platzen. wie die rückenschau. kommt eine, so als zum beispiel jetzt, fächer ich ein zimmer in meine lage, behauche sie, und schon ist kein halten mehr. froschlaib.

Valeri, der freund aus sagis, steigt mir da auf, abends holte er milch nach mutters bestellung in einem bauernhof, hatte den fröschen immerhin aus der milchkanne zu trinken gegeben, so heißt es, oder dies wenigstens versucht. die frösche dann, kernäugig glupschend, strullten dem kind auf die hand, flucht voran in die kanne, wo sie auch alle ertrunken sind – so könnte es gewesen sein. in saarburg an der saar hingegen habe ich jüngstens einmal, das heißt, als ich laufen lernte, so kopflose und kopflos strampelnde dunkle oder schwarze wesen gesehen in einem bach, und jemand zeigte mit dem finger drauf und sagte „kaulquappen". „kaulquappe" war viel schwerer zu sprechen als anzusehen mit flossen dran und schwarmverhalten.

reuse ins wasser, zappelnde masse im netz. ein glitschiges jammerspiel. eine zähe vertrocknung. sicher müssen die wasser haben, an trockener luft verkleben sie. das beulende netz wurde kopfüber an land geleert. die kindische meute erheiterte sich: wimmeln, streunende flucht durch's niemandsland. ging da überhaupt was vorwärts? der schwarzwurf war sich selbst im weg. mal so ein teilchen auf den finger bugsiert, genauer angeschaut, kein kopf kein auge keine ähnlichkeit. den sprößling zurück ins wasser geschnippst. der rest verdorrte.

und dann gibt es ja noch diese äußerst besorgniserregende froscherscheinung namens *Wabenfrosch*. leibhaftig mir nie erschienen, habe ich diese spezies einmal im fernsehen gesehn. aber das ist ja kein name, vielmehr nur so eine familienbenennung. ich habe lange auf diese gelegenheit gespinkst, einmal etwas über den *Wabenfrosch* loszuwerden. dem schlüpft die brut aus dem rückennest, ganz in der tiefe, wenn es soweit ist. der *Wabenfrosch* ist nämlich ein tiefseebewohner und eigentlich so etwas wie ein plattfrosch. der ist nämlich ganz platt, und wenn er auf dem tiefseegrund fast heimlich liegt, dann ist er kaum zu erkennen, wie im fernsehen deutlich zu sehen war. doch eins zwei nach dem andern, da schlüpfen aus seiner rückenwölbung hunderte von schwärmlingen. aber was heißt hier frosch? ich nehme an, es müßte »kröte« heißen. das ist ja nunmal so ein zweifel, der hartnäckig ist. und ungenauigkeiten sind in dieser falle gift. da heißt es wohl, sich krötenfroschkundig zu machen und das Buch der Tiere zu befragen. K e i n Waben*frosch*. auf seite 537 glücklich steht die Waben*kröte,* alphabetisch ehrenvoll plaziert hinter Glockentierchen, Vulkankaninchen. letzteres übrigens – mit diesem schönen namen – eine, zitat, „mexikanische gebirgsform der Waldkaninchen“, also ein kaninchen in mexikanischer gebirgsform, nur eben aus dem wald. nicht im ansatz zoologe, wiewohl im gegenteil neidisch darauf, kann ich nun bekanntmachen, daß die ausschließlich wasserbewohnende Wabenkröte zoologisch oder botanisch *pipa pipa* oder auch *Pipa* heißt. und *pikipiki* sagen die keniaten zu ‘motorrad’. dieser frosch – aha, frosch scheint eine übergeordnete gattung zu sein –, ist zungenlos, kann also nicht sprechen. ganz im gegensatz zu Herrn Abendtschrey, dem wiesenweintrinkenden grasfrosch und belesenen auskunftgeber lebensberater des Bahnwärters Sandomir. interessant scheint mir hier die frage, ob es eine national oder überregional von bach zu bach, wald zu wald, erdteil zu erdteil, weltmeer zu weltmeer verschieden gequakte froschmundart gäbe, eine bach-wald-landes-erdteil-meeressprache, deren es auch für kröten und frösche eines geeigneten studiums bedürfe, einander zu wasser und zu lande zu verstehen. (schießt hier die grammatik nicht ein bißchen ins unkraut?) dahingehend und verstehend sollen ja schon zahlreiche versuchungen unternommen worden sein. interessant, sagte ich mir, denn auch die amazonas- und orinokobeheimatete *Wabenkröte* muß doch wenn schon quaken, wenn sie keine zunge besitzt. genügt es denn, keine zunge zu haben, um verständlich zu sein? aber gerade betreffs der wabenkröte scheint das wie-kommt-die-denn-eigentlich-zur-welt-zum-weltmeer-problem von gesteigertem interesse zu sein, erfährt man doch hier im Buch der Tiere fast nur etwas über diesen hinaus-zur-welt-mechanismus. und dann – nach der werfenden natur der dinge: tiefsee seiftee, wie nichts gewesen, erfahren wir: „die mutter häutet sich neu und sieht danach aus wie vorher“. danach! und vorher? wabernde blasen, beutelnde höckerchen. o heitere schwangerschaft der kröten, o ewig jungfräuliche häutung! dann wie plötzlich ein zartes platzen der gespannten parzellierten rückenhaut, entwabung, springflut. mond- und sonnengleiche. springer. springerl.

springerle. steht im garten nicht hoch ein tannenbaum? springt da nicht was? es rührt sich was, es rührt der rabe im abendrot.

Ruehrendreck in meinem garten, anderntags. hochgraslandschaft, streunendes moos. meide die sense, den mäher, meide die tiefe! saß da eines tages wie selbstredend und verständlich. tiefsee nicht, kein teich als universum. saß da wie auch das entenpaar sich unberufen in die eiche verirrt haben mußte. *Ruehrendreck* hüpfend und quakend, so sagt man, im gras, die entenleute federnd und schnabel im eichenbaum. was führte sie her? genealogische demenz? altersstarrsinn? sagen wir lebensabend, ruhesitz, und da wollen wir sie auch weiter nicht stören. nicht zu vergessen aber specht *Ruprecht,* wie die nachbarn ihm fluchen, dem man seine angestammte reviertrommel genommen hat, den holzbalkon. dort spielte er fleißig trommelkasten, schnabellaut stolz, die massive strebe bedienen zu können. bis es den damen und herren nachbarn zu bunt wurde – verjagen half nichts, Jimi Hendrix half nichts, ignoranz half nichts – und sie sein instrument in einen glasumkränzten betonbalkon verwandelten, der statik wegen, der aufstockung des hauses wegen, der zur welt gekommenden kinder wegen, wegen der ruhe. kinderwagen! ruhe. landflucht. *mitten wir im leben sind vom tod umfangen.* altes kirchenlied. *denn was du nie verlierst, das musst du stets beweinen.* altes Goethewort. *wir sind jung / und das war schön.* Jandltalk. *Ruprecht* jedenfalls immerhin hat es, angestachelt von „are you experienced", nach dieser bodenlosen enteignung binnen jahresfrist zum veritablen heavy-metal-specht gebracht. kaum blühte das frühjahr in baum feld und wiese wieder auf, hatte der musikant den hölzernen trommelkasten gegen schepperndes blech getauscht, die regenrinne. dort saß er obenauf und pickte das mächtige schallwerk: täglich, nachts. nachbars träume von einer stille der welt v o r *Ruprecht.* und wenn er nicht eines tages herunterfällt, und wenn er nicht eines tages ausgetrommelt von den katzen gefressen, und wenn er nicht eines tages verhaftet erschossen ausgestopft, wenn er das nicht wird, dann wird er eines tages tot herunterfallen und von den katzen gefressen werden, denen schon die zunge aus dem maul hängt der reihe nach angesichts des fütternden starenpaares dort oben auf der nistkastenstange, vom zaun aus jedoch wohl kaum zu erreichen. und zweifalter gibt es hier, die schwimmen im wilden schmetterlingsbaum: großfuchs und kleinfuchs, kohlweißling und tagpfauenaug. die natur macht keine sprünge.

hundstage, kollaps. dann machte – zeitzeichen sonnenwende – in den spätblüten der segelfalter station; sammelt ein, was übrigblieb, bleibt wohl zuletzt alleine übrig. und *Grotkau,* las ich, schnitt sich die hoden ab. las ich lesend im bett. im bett. schwirren. flattern. gestörte sicht.

motten. motto. kugeln. puppen. sperrangelweit das fenster. stürzen herein, stürmen das licht, speichern raupen in die wolle in die haare in die federn. 4 bruten im jahr. möglicherweise 2,5 millionen nachkommen auf das weibchen im jahr. sitzen in gesponnener wohnröhre. sind's tapetenmotten, fressen's natürlich tapeten. strukturtapeten. konkrete poesie? geben – in dreifacher wiederholung – den titel eines buches ab. zerstören mehr als sie fressen. also willkommen: du kriegst die motten. wieso krieg? „ich will nicht viel mehr machen,/ als noch ein wenig wachen,/ es ist so schön, allein/ noch wach und reg zu sein./ ich kann ja halb schon liegen/ und bis zum schlaf mich wiegen/ schon in den traum hinein", phantasierte Robert; und weiter lesen wir, seite 35, „wie immer// die lampe ist noch da,/ der tisch ist auch noch da,/ und ich bin im zimmer, ...", und wenn es dann auf seite 22 heißt „beiseit// ich mache meinen gang;/ der führt ein stückchen weit/ und heim; dann ohne klang/ und wort bin ich beiseit" – weit, beiseit; ohne klang: wohl die toilettenspülung vergessen – machen wir in ruh die dreifach äuglein zu und wollen ohne kummern uns ein wenig schlummern.

fahrtwasser, froschmaul.

und „selig scheint es in ihm selbst". hat jemand „froschmaul" gesagt? *Ruehrendreck? Abendtschreyer? Schluckmuecker?* froschbaß, mottenkopf. *Herr Abendtschrey* trank nur wiesenwein. tümpel, moor und mar. abwässer, römerstadt. schläfer, kommst du nach trier, sieh dir das römische schwitzbad an. aus vollem halse. filmriß, herbstzeitlose. steinpuls. in Lohensteins „Agrippina" sagt Zoroaster: „ich bin tot". bühnenreif, barock. werde ich bald sterben?

morgenandacht, menschenleer. bett liegen, sonne gucken. sonne guckt auch. sonne sagt, jetzt genug gelegen, jetzt mal wieder arbeiten was. solltest du erwachen und morgenfroh, empfiehlt es sich, die beine zu strecken, den rumpf zu beugen, die arme zu flügeln. der Morgen droht, gehirnschlagtod! ruckartiges aufstellen des körpers zerstört den mutterwitz! „widerstrich des immergleichen."

schlupfwespe, weberknecht. verzieren die schlafwand; leben sie da, kleben sie wohl. und kreuzspinne, hängt von der decke herab, frühschicht. nie ist es beobachtet worden, daß eine solche den menschen anspinnt. nimmst den sauger, verkehrte welt, gequirltes windloch, sie spreizt sich, knäult sich, reißt in den schlund. das macht milben ins hirn, taubstarre hände. und Kater Paul spaziert herein, altersstarre blick, hundbuckel. gekochtes huhn, teller milch. dann, aha, stehst alleine da.

morgenrot.

morgenrot hat frosch im hals. da ist es arbeit genug, die stimme zu finden, räuspernde morgenkantate: ein werk für stimmritze ohne gesonderte instrumentalbegleitung, welches in der regel einfache sätze sprachfrei umfaßt, kammerduett der zungenlosen, qualsterhannes soloarie. auf die kantate für stimmritzenkatarrh folgt gewöhnlich die kaffekantate. gefriergetrocknet. glatteis. winter ist:

Ich stehe/ kaum gehe/ verfroren vom Eise /
nur schleiche / nicht weiche nach Alterthumsweise /
ich lebe und gebe gesündeste Speise /
  am Ofen ohn Frost /
  da schmecket der Most
  zu Federwildskost.
Lasst blasen / lasst rasen der Jągerfrau Hörner /
den wacker im Acker zerstochen die Dörner
sich nehret / verzehret jetzt körnichte Körner /
  man schlachtet das Schwein
  und saltzet es ein /
  daß lange muß seyn.
Der Lentzen zu Kränzen die Sommerblüh pflocke /
zum Leben der Reben der Freudenherbst locke/
du drehe / du wehe mein Winter und flocke /
  da ruhet das Feld /
  da schläffet die Welt
  im fedrigen Zelt.

Johann Klaj. in einem karton auf dem speicher. vergilbte kladde, buchgelb. war erstaunt, mich erwähnt zu finden. und da winter ist, soll's mal hier erinnert werden.

so, jetzt alltag.

ARBEITSPHANTASIE: kaffee läuft durch, gestern läuft durch, vorsätze, handschrift. hört man da von 'strategien' sprechen? mal italien erobern, ankunft jenseits von lexikon und glaubensartikel? mit vattern auf den sieben mal sieben hügeln, mit muttern im niemandsland. buch der tiere. und fremdgehen heißt heute evolutionstechnischer vollzug. strafanstalt.

radiergummi, löschpapier.

in welchem käfig du dich auch befindest, verlasse ihn, frohlockte Jochen Käfig. plattenteller, Schubert – fragmentarisch, rillenteufel staub. Bach ein rinnsal, weil nicht abrufbar. he, baldgreis, ist das ein frühstück, alterst ja ein. wo sind die jahre, da du noch zum zahnarzt gingest wegen einem loch? kannst du noch die feder führen in der tiefsee, dröhnt dir der heimatfilm? *Ruehrendreck. Schluckmuecker.* persönlichkeit? habe ich nie erlebt.

saitenwechsel.

hocke also vor *Erika.* lustgewinn ist, wenn ein gehörtes und ein gesehenes sich verbinden. stuhlgang, etwas zu papier bringen. besinnungskoitus. nehme den wust von der walze und lese nochmal wie folgt:

HUHNHAHN

da liegt'n fleck blut. frag ich Euch mal, wie der da so hinkommt. der kommt aus mir. ich hab' mich nämlich soeben mal umgebracht. frag ich Euch, wieso. weil mir darnach war. frag ich Euch, warum es hier so aufgeräumt ist. sag ich Euch klammheimlich mal, daß es was zu feiern gab. nämlich endlich liegt sie neben mir. und zwar ausdrücklich still ganz. ich hab' sie nämlich umgebracht. frag ich Euch jetzt, warum wir dann ein gläschen tee zusammen trinken. so kam es nämlich: wir lieben uns. und wir sehen gerne fern. ich will mal so sagen: es war schon spät. und dann kam der fleck wie gerufen. zuerst war er blind, dann im vorschulalter. wie junge mäuse. und dann fing das mit dem schluckauf ja an. und dann hat sie sich

immer rumgedreht. wie eine katze. das ging so eine stunde. bis zum programmschluß. frag ich Euch mal, ob das kein harter winter ist. draußen mond und sonne draußen. so einfach das ist. einmal in zwei wochen wird müll abgeführt. geboren bin ich ja im krankenhaus. und da liegt sie jetzt. frag ich Euch, war das denn nötig, so mit handschellen und so? der fleck kommt also von der Berittenen. von der seilschaft. und zwar habe ich mich da oben aufgehängt. wenn Sie näher treten wollen, da sehen Sie's.
sie war die meine geliebte. das reicht doch wohl. sie hat, als ich auf der welt war, den krieg auch nicht erlebt. wenn es nicht schon dunkel wäre, könnte ich sie tagebuch nennen. der briefkasten war leer. sehr lehrreich. und da ich pleite war, in hamburg sagt man „dalles", kuckte ich fern. da saß sie also neben mir. ruft an, und sagt, „hallo liebling". aber nichtsdestoweniger, da ist der fleck. ich bin überzeugt, daß dieses blut schon vor ihr da war. jedenfalls hat sie sich nicht geschämt, freundlich zu sein. war sie denn freundlich? sie hat ihn nämlich umgebracht. das ist der ganze haufen. dann hab' ich umgeschaltet, und als ich wiederkam, war der teppich rot. ich verrohe, sagte sie.
jedenfalls hat sie lecker gekocht, und wir haben alles aufgegessen. wir? ich habe nicht ungestört essen können. es gab da nämlich einen mitesser. einladungshalber. der ist also erschienen und hat mitgegessen. bis alles auf war. wachtel lachs und lecker feldsalat. entenbrust drin und pilze mit soße. eis mit schlag nach tisch und kaffee. dann ist er umgefallen. hat nicht lange gedauert, da war er tot. ja, und was soll ich lange sagen, der liegt jetzt unter der gartenerde. nette nachbarn stört das nicht. aha, ein himmelsgrollen. erdkralle hand, dich werd' ich jetzt unschuldigen. oder umschulen? du ahnst es nicht, da klingelt an der wohnungsglocke an dem haustürklopfer klopft der neue gast. woher der flecken blut denn stamme. lieber kommissar stummvoll, entsage ich, das weiß er selber am besten. soeben hat man zu dritt gespiesen, und vorher war er auch schon da. da steht der kommissar und staunt den flecken an. vielleicht moderne kunst, belandläufige ich. ja, moderndes, notiert die feder, macht kehre, sozusagen willkomm und abschied, tür ins schloß mit ernst, türschüß, wird hören wird hören.

sie ist ausnahmslos eine kochkünstlerin. sie kocht für alle, jeder verdaut für sich allein. auch meine frau ist sehr angetan mit ihr. jetzt, da die köchin tot ist, werden wir sie entlassen müssen. und da sie nicht gehen wollte, haben wir der köchin eins über die rübe gehauen. versaut das aas doch den teppich und verabschiedet sich. läßt uns mit trauer und teppich allein. das schönste aber ist, na sag schon, olga oder auch maria haben mich früher schon verlassen als diese lachs- und wachtelkönigin. und bevor ich das grande finale einreiche, möchte ich eine huldigung an meine lieblingswörter aussprechen: JETZT NUN ALS UND SO ZUMBEISPIEL sind meine favoriten. gewiß, ich rauche zuviel. auch möcht' ich meine zurückgebliebenen grüßen. peter ist ein guter freund und valeri auch. und alles entspricht den tatsachen. wenn Sie näher treten möchten, da sehen Sie's.
und draußen dröhnt die regenwalze.

soweit also *Erika*. hat demnach unrecht, wenn er „regen" sagt im traum, auch wenn es draußen regnet, sagt Ludwig. hundbuckel, mückeneinfall. knäult es, wirft es in fetzen, verliert die spur. nachmittags finde ich mich auf der wiese, sonne krebst die haut, mückeneinfall; war nicht eben winter schon?

die batterie der küchenuhr (billige bahnhofsattrappe) tickt stelzensprache. schwärmt aus, zappelt an die oberfläche. und dann? affektenlehre. wie zum beispiel: *Wabenkröte?* was geht das mich an. getier, geplunder. lieber bin ich bin Jesse Thoor, bettelmann und kaiser. beide summen und lachen und trinken/ und reden laut und leise und winken. ist es so auf erden, fragt Jesse. und ein tännlein grünet wo/ wer weiß im walde/. bis zu der stelle, wo noch eh das eisen los wird, das ich blitzen sehe. oder fotografien. setzen dir ein lachen ins gesicht. 'opa im anzug greift zum kopf des boxerhundes'. steht als rundbild seit langem in vaters kartäuse. krümel werden auch gegessen, sagte opa, als es zum kaffee kuchen und kaffee gab. und kehrtest die krümel unter den teppich. aus irgendeinem grunde, noch eh das eisen los wird, lag opa im feldbett, und kanonen spielten Wellingtons sieg. oder war es weihnacht anno dazumal vor vaters jukebox? jetzt fühlt mir ein, den faden wieder aufzugreifen, marienfaden, spinnwebzeit. ist *Ruehrendreck* womöglich eine wabenkröte oder ein maulwurf? mal untersuchen gehen. nacktschnecken schleimen hier, ameisen häufeln einen staat mit einfall- und ausfallstraße, käfergetümmel, drohnenkür. alles kriecht, alles endet. ich finde *Ruehrendreck* im kompost als gewöhnlichen grünfrosch. hat er schon die leichenstarre wie weiland der heiland? und was sagt die Gottesanbeterin da nebenan? ist kein männlein da, das sie fressen könnte? ist denn kein mensch hier? fügt sich da vielleicht bald mal was zusammen? ist das hier ein naturereignis? bilder und zeiten. wohl besser, du machst 'nen abgang und sperrst die büchse der antike zu.

umsatteln, das ist die losung. oder mal so richtig ein tierleben nach Brehms geschmack. elternhaus zum beispiel, mit wiesenfreuden und ballspiel zwischen kirsch- und apfelbäumen und *jung unter den apfelzweigen.* war es so? blick vom balkon, ganz hinten links auf einem hügel stand die trauerweide. mächtiges astwerk, blätterhängendes alphabet. dann fiel die ringeltaube aus der kirsche, aus dem himmel, hatte den fittich gebrochen. hockt auf, schlägt um, wurmt durchs gras, schleifspur allerheiligen. scheißtauben, habt den ganzen Kölner Dom zugeschissen. holst die bohnenstange, holst luft, drechselst ihr das rostige eisen irgendwo hinein ins allerseelchen. pars pro toto. und ruhe herrscht. Picassos Taube, ausgeschissen, abgewohnt.

„gärten der erinnerung"? wohl eher flickenteppich, amöbenzirkus.

das wäre erledigt. ich betrachte jetzt meine hände und fühle in der linken ein anderes sausen als in der rechten. ist das die „große schwere in der fühle", lieber Reinhard? überhaupt fühlen sich meine hände mir nicht gehörig. keine ist für die andere zuständig. ein schwebendes verfahren. sozusagen ein gehörloser zustand. ich gebe zu, mittlerweile am tresen zu sitzen, drei uhr nachts, im schaufenster der bar höckt verstohlen eine übel wollpulloverbestrickte gliederpuppe. leichenmatter teint, blatterndes gesicht. war sie es nicht, in die ich mich tags zuvor zu verlieben drohte? chimäre? paradeiserkino. was um himmels willen hat die tumbe wabenkröte mit ihrer brut nicht alles entbunden. brut? legehennen? brutkasten, faule eier: schaue fern, und du gewinnst die welt wieder gern. isarflimmern. da sind handwerker gefragt. die provinz ist im kopf, sagte der verstorbene Zeuge Elias. also pack den mund und trotte richtung äppelkahn. warnschuß. mottenkugel. fernab der streifen schwangerschaft. tiefsee? schlaftief.

doch halt! was entdeckte ich heut' in einer veritablen buchhandlung? ein buch. fein gesetzt in der garantiert-antike, herausgegeben von – man staune und lese – Frohderike Riet. und zwar ein bändchen Eduard. darinnen „zwo ältere gedichte", davonnen in zwo eine kröte endet. zoologisch korios, eine „streichkröte", die im letzten verse ausgestrichen hat. höherer blödsinn für ein reich der mitte ohne menschengebiß. dafür mit zivilisierten schuhsohlen. an die nämlich werden alle kröten glauben müssen, so und sowieso. schuhsohlen, fußkadaver. man lese nur Gerhards froschgeschichte. verliert sich. socken, gestrickte; semikolon. fußbrand, milbengeschwader, herbstzeitlose.

wo bin ich? und neben mir liegt es schnarchend. wer ist das mensch. aus den vokalen des vornamens ein psychopatt der sexualität entwerfen? wo war ich liegengeblieben? rechts durchs fenster der mond, dann links den kopf, weil er keine andere wahl hatte, der kopf, ein spiegelverglaster wandschrank links. und glotzend darinnen, icke. mürbeteig. ob wir erfahren können, wer neben ihm gurgelt und sägt? oder vielleicht sogar schon säugt? wir wollen uns gedulden! zuvor und vornab ein bißchen nächtlicher gang – ich weiß nicht, wo das herkommt, diese stelzensprache –, und unter wolken, unterm staub da unterm bett, da liegt das bändchen Eduard. heute erst gekauft, vergessen heute. was ist das, worin ein ding zu seinem bilde wird, fragt Uwe. wendehalsfrosch, breitmaulfrosch ... mir solls recht sein. hier schlägt der ton die nacht an! rechts durchs fenster rücklings der mond, dann links vorm spiegel glotzend, icke. ich. den weg zur küche, eine noch zigarette, kleine, ein kleines bierchen noch, zur nachtgut zur, aufgemäntelt die sechzehnmarkachtzig fanfare, suchen, da steht es, seite dreißig: wir lesens mutig vor:

DIE STREICHKRÖTE
Die Kröte, die einst muthig strich,
Hat nun der blasse Tod ergriffen,
Das ihr das Eingeweichse blich,

Die Volz dazu war nicht geschliffen:
Man rieb sie etwas mit dem Fuß,
Dieweil sie sterben muß!

und muß auch ein himmlischer vater wohnen. und muß auch zur nachtruh. schlaflos kopflos? los, die kühlschranktür geöffnet, eine flasche bier herausgefingert, den kronkorken mit einem standardfeuerzeug gesprengt. kurzes innehalten und sinnieren über die vokabel „kronkorken", also Karl der Große und eine flasche sagen wir „Miesbacher Tropfen", dann einen eigenartigen spaß an der sache gekriegt und den Wahrig befragen. zum Wahrig aber ist ein weiter weg, ins schlafzimmer nämlich, zum äppelkahn, brutstätte der familie, der alterssorge, häßliches wort, ich verbessere, des ursprungs aller kriege, wie Gaddaffi einmal schriftlich feixierte. wenn die kameras und kameraden einmal folgen mögen, ich stehe also wieder jetzt im schlafgemach, eine prinzessin räkelt sich wohl angemuth im seidenen himmelbett, durch knarzende türangel träumend aufgeschreckt, da bin ich also und suche Wahrig. rot glänzt die farbe der scharteke, das buch der bücher. und was rät Wahrig zu „kronkorken"? *kronkorken (m) = kronenkorken: 'kronenkorken (m) kleiner flaschenverschluß aus metall mit gewelltem rand; sy kronkorken.* wäre zuerstmal: wieso synonym. zweitens: mein kronenkronkorken ist schlicht blech, mein konsum sei mein kronzeuge! drittens erfahren wir hier nichts über die wahrhafte kunde des wortes, sprich herkunft, wurzelwort, sud. den Kluge nicht zur hand, bietet Wahrig trost: der blick stößt auf benachbartes gehege: der kronenkorken nunmehr vollkommen uninteressant, weil abgelöst, findet der leser das kbcdarische präludium: *kronenhirsch* und *kronenkranich:* rothirsch, dessen geweih oben eine krone bildet und pfauenkranich, bunter kranich mit federkrone. *pfauenauge* heißt übrigens im südwestdeutschen schlichtweg ein gebäck. womit wir also wieder bei der wabenkröte wären, willkomm und abschied. und was, heiliger strohsack neuegierde, vermeldet Wahrig unter *Wabenkröte?* zitat: *femininum. südamerikanischer froschlurch, dessen eier ihre entwicklung bis zur kleinen kröte in sechseckigen waben auf dem rücken des weibchens durchlaufen: pipa pipa.* weiblich also, also frosch doch UND lurch, also weiblich, und DESSEN eier ihre eigene

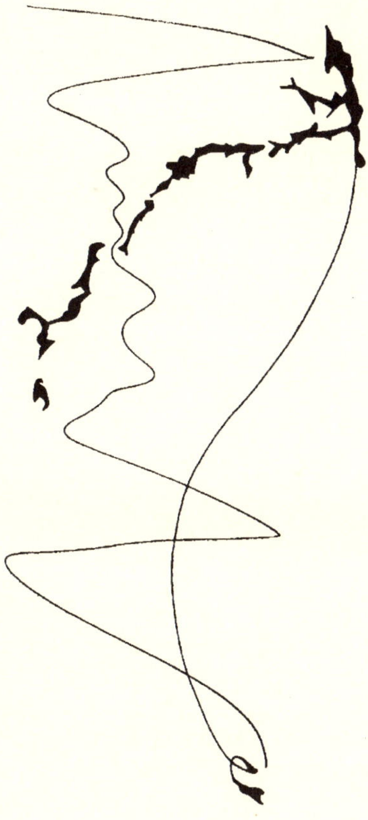

entwicklung durchLAUFEN und zwar bis zur kröte. nach dem durchlauf also doch kröte. *Schluckmuecker*. noch ein bier und noch ein bier und noch rieb ein nachtdenken bis zur falle. gute nacht!

morgenstund, gebiß: die klingel kläfft. verpennter postler im graumann räkelt mir ein paket entgegen. unterschrift, endgeld. bemerke, daß ich noch blöder aussehe als wie er. rosa filzschlappen oder wenn Sie so wollen, pantoletten – mit absatz und schlafanzug, grün mit weißer bordüre (erbstück, gründerzeit). das paket immerhin bringt spannung ins heim. verkneife mir aber, selbiges zu öffnen; ist's abwehr posthumer enttäuschung? und stelze zurück ins bett. ich bringe die bettdecke nicht mehr über mich. der platz im bette neben mir, neben mir im bett der platz ist leer, das bett im platze neben mir ist leer. apropos „filzschlappen". die sind mir doch neulich schon mal irgendwo anders unter die augen gekommen. eine kurze drehung, eine seitenlage, da liegt es, da lugt es unter'm bett hervor. ein buch mit vielen fotos vorne drauf und sieben siegeln innen drin für politisch ungeübte. ein buch vom Lieben Peter. Peter, den ihr alle kennt, berichtet in seinen „jahren" von Peters antrittsbesuch bei Hanns Henny. Peter betätigt Hanns Hennys haustürglocke, es wird ihm aufgetan, Hanns Henny erscheint in mausgrauen filzpantoffeln. und mit diesen worten empfängt Hanns Hennys mund den lieben gast: „empfinden Sie sich auch manchmal als häßlich?"

ein wecker summt, die kälte prankt. es schrillt das telefon, im kopf die mühlen, die klappern. ich bin angeheitert. Paul, der alte kater, zahnloses maul, huhnschlinger, milchwürger, Paul, der alte kater, seit fünf wochen totvermißt. wie im herbst das laub von der pappel fällt, heißt es bei Daniil. oder Helge zum beispiel: betritt die bühne, singt uns eins, und jammert: ich kann nicht mehr. auch das hat einen läufer, einen vorläufigen. Konrad, der Bayer, nämlich sagt, wenn man nicht weiter kann, hört man einfach auf. kopfzitat. weite, enge. und Friedrich applaudiert: „das unvollständige als das wirksame". der vorhang hebt sich, der vorhang senkt sich. sich, sichel, „sicherlager".

aber an alle: was ist uns heutigen der *Wabenfrosch?* und das gürteltier, das ich auch nicht zu lösen wußte, und das rind auf den weiden des chinesischen drachen.

finale.

ich fühle mich gezwungen, etwas außerordentliches zu berichten. ich ahne, das außerordentliche liegt im paket. ich tue gut daran, also, das paket nicht zu öffnen. jedoch immerhin entferne ich das braunklebende schmierband. ich verrichte paketdienst. ich löse mich auf. ich spüre, jetzt wirst du traditionell. ich denke, das ist ein gut. ein gutes. ende. isn't it?

das war für sie der schlimmste traum

ein wunschkonzert, ein thermometer, ein häkeldeckchen oder: wie ein braten trotzdem nicht fertig wird

Wir haben nichts als ein sentimentales Gedächtnis, einen gelähmten Willen und die unheimliche Gabe der Selbstverdopplung. Wir schauen unserem Leben zu.
(Hugo von Hofmannsthal)

Und wenn sie sich zu Bette begibt, so bedenke sie, daß so, wie sie sich nun selbst ins Bette niederlegt, ihr eigener Körper sehr bald durch andere ins Grab gelegt wird.
(frei nach Dionysius der Kartäuser)

inhaltsangabe: frau betritt eine wohnung, die ihr augenblicklich fremd erscheint, darüber hinaus liegt ein toter mann im sessel oder auf dem sofa, im ofen befindet sich trotz allem eine ente und auf dem wohnzimmertisch liegt ein häkeldeckchen. gleich kommt besuch.

„Es traf sich aber", daß in L..., einem flecken oder gehöft im hessischen, wir sagen mal in Linsengericht, ein örtchen in der nähe von fulda, das persönlich ich nie aus der ferne betreten habe: so mal so etwas hügelartiges vom zug aus durchs fenster gegrünt, sicher. und da auch mal so fenstersitzend linkerhand durchs fenster geäugt gelinst, sicher, war sie jedenfalls war also einkaufen und zwar einen grauen pullover aus cashmere, und keineswegs war sie in andren umständen. trotz Reiner.

auf den hatte sie sich schon richtig gefreut, den wollte sie schon immer haben, spätestens seit sie ihn gesehen hat vor wenigen tagen, da hat der so schön im schaufenster gehängt, den hätte sie aber nicht bezahlen können ohne himmlische fügung, was man auch gnade nennt, siehe darüber hinaus Gottfried Wilhelm Leibniz, „Metaphysische Abtreibung", worin gezeigt wird, daß Gottfried diese schrift geschrieben hat, um seinen namen zu beweisen. hätte ihn also nicht zahlen können nach dieser kündigung auf saufen. soweit jedenfalls alles krachender Leibnitz!

sie also hat den cashmere in einem cashgeschäft bar bezahlt; in einem Aldi in Linsengericht, und zwar nach ihrer entlassung aus arbeit, und zwar mit dem arbeitsentlassungsrestgeld nach saufen. dazu muß man sagen, daß sie den jetzt auch anhat, ihn in dieser gärenden, in dieser suppigen sommernacht spazierenträgt, ihn bis vor die haustür begleitet oder schleppt, ihn plötzlich stehen läßt, die haustür öffnet, sie bittet ihn hinein, sie gehen gemeinsarm hinein, und jetzt in diesem augenblick stehen beide drinnen, und sie macht große augen, was auf folgender einstellung gut zu erkennen oder einzusehen ist.

und tatsächlich, auf dem sessel liegt Reiner.

sie indessen war sich ganz im klaren, eine handlung muß jetzt geschehen, ich erwarte besuch, sagt sie uns zu, der hat sich frühzeitig, der hat sich vor dieser geschichte angemeldet, der wird bald schon eingetroffen, drinnen sein, der wird schon gespannt sein, was es für knabbereien gibt, der wird schon denken „und schmeckt wie hausgemacht" ist besser als Leibniz. nachdem ihr gekündigt worden war, steckte sie nämlich unablässig das thermometer in den arsch und maß den fieber. erbrechen führt sie auf saufen zurück.

dann macht sie die großen augen zu: Reiner ist weg. sie macht die großen augen auf: Reiner ist da. sie macht die großen augen zu: Reiner ist wieder weg. sie macht die großen augen auf: Reiner ist wieder da. da macht sie die großen augen lieber wieder zu: Reiner ist wieder weg. macht sie aber die augen wieder auf: Reiner ist und bleibet weg.

da endlich macht sie die augen wieder zu: Reiner ist wieder da. na gottseidank, wird sie jetzt denken aber nicht danken, da ist der kerl ja wieder. erleichtert macht sie die augen wieder auf, geht mit ihnen und dem cashmere in die küche, knabbereien suchen oder zu suchen.

in der küche findet sie nichts als leere als rostige dosen, eine handvoll krümel brot und einen klebrigen einkaufszettel. was denn da wohl draufsteht wollen wir mal einsehen ... nicht zu entziffern. ach richtig, sie hat ihre brille vergessen. die hat sie ja vergessen auf die nase zu setzen, hinter die ohren zu klemmen. die liegt wohl noch im wohnzimmer, auf diesem wohnzimmertisch auf dieser fiesen häkeldecke, die hat sie selber gehäkelt, dann war es kurzzeitig fertig, dieses schwarze häkeldeckchen, so, das ist jetzt fertig, hat sie zu ihrem mann gesagt – ist sie denn verheiratet? keine spur! – betrachtet das deckchen bei tageslicht und findet es ganz abscheulich. trotzdem liegt es seit jahren auf diesem wohnzimmertisch, und alle haben sie gefragt, wie sie das nur aushalten könne mit diesem entsetzlichen lappen, also wirklich, diese augenschande ist horrend, augen, richtig, da waren wir, und tatsächlich liegt ihre augenbrille auf dem wohnzimmertisch auf der, nun eben, häkeldecke.

das gestell auf die nase praktiziert, ein lupenreiner blick ins häusliche rund, ach richtig, fast hätte sie es vergessen zu bemerken, da liegt ja der Reiner im sessel. der kann mich aber mal, der kann mich aber zum beispiel jetzt mal was, pariert Gerda diese katholische avantgarde – von nichts zur auferstehung – und geht, die augen erhobenen hauptes, in die küche zurück. wollte Reiner was sagen soeben, haben wir etwas überhört da, vielleicht, oder überhöht sogar? aber bitte, wollen wir Objektiv bleiben.

einkaufszettel. restlos unleserlich. wohl nicht meine schrift, zweifelt sie. wenn ich's mir recht überdenke, auch nicht meine küche, vermutet sie. *und der mann im wohnzimmersessel?* den kennt sie auf keinen fall, das kann sie beschwören. aber das grindige häkeldeckchen, das gehört ihr doch. *mit sicherheit gehört es ihr!* es gibt ihr aber schrecklich zu denken, daß ihr auf den punkt die ganze wohnung nicht gehört.

dieses häkeldeckchen, kann man das mal herholen, kann man da mal diese grindigen rund verknösten maschenmaschen zeigen, diese blinden flecken, oder soll ich mal ausfälle sagen, diese zugedreckten zugefleckten flecken, diese lochmasken, dieses ums zentrum gestrickte?

dieses häkeldeckchen, kann man da mal den menschenkindern die geschichte der tomatenreste und soßenbinder, und milch und käse, suppen und sieben und tartar, limone und spreewald und darmkrebs und krebs des krebses und Brion Gysin und diese färbenden feinen geriebenen zitronenabriebe, die jetzt plötzlich den ganzen raum bestäuben, erzählen, und kann man das vielleicht jetzt garkochen und auflösen, totreiben, abhaken, *habe ich Gysin gesagt?* ist Gysin unter den gästen? sind denn schon gäste da? hat Gysin Don Cherry mitgebracht und *I am that I am?*. ist das nicht Gysin, der da gerade singt „all diese jahre/ für nichts/ all diese jahre/ die ich zurückblicke & denke/ & denke an nichts/ wenn ich an all diese jahre denke“?

jedoch immerhin, wird sie sich wohl denken können, ich bin ich, holt knabbereien aus den vielen vielen küchenschränken, schaut im ofen nach, ob der braten brät, in den töpfen, ob das gemüse kocht. was gibt's denn heute? wie wir sehen, gibt es stangenbohnen, mit speck und zwiebeln feinfein abgeschmeckt, mit bohnenkraut gekrönt, mit sahne gesalbt. und kartoffeln und braten. na also, doch alles in butter, was iss'n also los?

zehn minuten noch. der kerl muß weg. *wer?* na der blasse riese da im sessel, der schmilzende Reiner. *aber den kennt doch keiner!* ich werde ihn vor die tür stellen? *nicht doch!* ich werde ihn auf die toilette setzen. *quatsch!* in die garage legen, aus dem fenster werfen, in die grube kippen, in die kippe graben? ins fenster stecken – Gerda, die soße kocht über! – ich hab's, ins bett werd ich ihn legen, in die liege betten und die decke drüber – so, der braten kann raus, die leckere ente. bohnen noch drei minuten! (ente und bohnen ..., na mahlzeit!)

ein bißchen kosmetik vielleicht, siehst ja aus wie eine dahergelaufene, dahergeströmte, wie eine, die keine rolle spielt. spielunke. höhle. bauchmuskeltrainer. beeilung. besuch.

so, und jetzt vielleicht die grüne weste noch, doch nicht die blaue, wie das aussieht mensch das denn zum grauen cashmere, weste ist generell scheiße, na gut, dann aber die rote bluse und den pullover weg, so, und jetzt noch die hackigen pumps, das ist sexy, ja das steht dir gut, das macht was her. und hinaus gereckt das geschlechtsteil die falte, ach gottchen sentimentalkram geschlechterkitsch.

zieh bitte die gelben socken aus zieh bitte den rock an zeiht bitte die blutigen stutzen den heimkehrenden zieh bitte den salat aus.

und jetzt wolln wirs mal so richtig krachen lassen hier, also mit äußerster anstrengung von vorne:

ES GIBT HIER EIN EXISTENTIELLES PROBLEM und zwar Gerda oder wie wir sie gerade nannten ist nicht mehr allein in einer ihr fremden wohnung, auch wenn diese ihr plötzlich so untergekommen ist, weil wohlmöglich zufällig der schlüssel paßte, nicht mehr allein in einer ihr womöglich fremden wohnung, weil schauen Sie nur, schauen Sie, da liegt der fette Reiner im sofa und sagt nichts, weil er wohlmöglich restlos tot ist. und amen ich sage Euch, es wird gleich die klingel schellen die glocke klingeln, also LETZTER AUFRUF ZUR SINNSTIFTUNG, „entschuldige die verspätung, aber du weißt ja, der berliner spießerabendverkehr". (spielt das ganze denn in berlin?) „schön hast du's hier, ein bißchen laut, ein bißchen viel um die ohren vielleicht, was riecht denn da so lecker aus dem rohr, der küche, und nochmals vielen dank fürs kommendürfen, wo du doch so viel um die ohren hast." und nahm im sessel platz, und der rest des herrn, was also frau und noch so etwas wie unentzifferbar ist, *keine umstände!* schmuggelte sich so irgendwohin ins teppichrund.

DA HABENS WIR ALSO. da ist der haufen. und ab jetzt mal sachlicher bericht:

in berlin nahe ernst-thälmann-park beim italiener quasselte nämlich so'n von einem von uns mitgebrachter schimpansen mit lockenkopf verlobungsring und hosenträgern was von noch nie einen tagtraum im schlaftraum gehabt wie im soeben zuende gegangenen Andalusischen Hund von Dalí, Buñuel und Riedl, wo also der Kagel mal nen tatsächlichen hund bellen ließ oder kacken, wo früher argentinische tangos und triste isolden abwechselnd hinterm vorhang schwelten. es war frühling. mondauge messer licht. eigelbe rasierklinge. aus der gekrümmt geöffneten hand kriechen ameisen. ein auf dem bett liegender kragen mit kravatte faltet sich zum vatermörder. eine andere hand verwischt den mund, woraufhin aus den achselhaaren ein igel erwächst. ein griff an die titten, ein tennisschläger als kreuz, ein an einem seil hängender flügel daran zwei priester hängen, daran kräftig gezogen wird aus leibeskräften und über ihnen ein aus dem maul sabberndes kalb oder kuh oder rind. ALL DIE ANSTRENGUNG, ALL DAS FORTKOMMEN. da ist es dann so, daß die frau einen moment lang überlegt, bevor sie die zimmertür öffnet und es war die wohnungstür, und draußen geht der wind auf und ab, und sie streckt die zunge raus, und sie verschwindet im tag sechs jahre später an der nordsee, wo sie zu spät ist. vielmehr ist es so, daß eine hand auf der straße gefunden wird, und eine schachtel spielt eine rolle, und eine dunkle nacht erleuchtet das zimmer, darin an zwei fenstern rausgebeugt ein mann und eine frau ein geschehen verfolgen, das sich auf der straße vollzieht mit einem mann auf einem fahrrad, und es ist die krankenschwester, die jetzt vom rad fällt und liegt da so rum inmitten noch nicht zu sehender autos, und es ist vielmehr so, daß dies ein mann ist, der sich selbst begegnet und seinen tagebüchern, die er sich herauszurücken bedroht und auch die schußwaffe in den rücken sich donnert, der ein sich selbst ist sagen wir quasi-identisch, und die krawatte rückt sich zurecht, man geht umschlungen an der see, es staken so helme und kreuze aus der leinwand aus dem sand, und es sammeln so leute sich an um die fleischtaube hand, die eine frau in mantel und stock mit dem stock so etwas wie stochernd auf der straße wälzt oder teppich und dann in eine schachtel bettet, nachdem der polizeimann die menge auseinandersiebt, und Gerda hat es unerwähnterweise ein paar seiten zuvor geschafft, diesen leichnam namens Reiner zu zerkleinern mit einer plötzlich zutagegeförderten und sicherlich bis dato auch nicht erwähnten heckenschere, die gut bis fleischvoll im schliff war.

MEINE DAMEN UND HERREN, so wollen auch wir uns mit der sicherlich nicht gerade wortgewandten wendung begnügen, daß Gerda soeben den toten braten testet im rohr des herdes der küche des hauses der wohnung in moabit in Linsengericht in der charité in straubing, na, GLEICH GEHT'S LOS, sie hat den Reiner auseinandernehmen und auseinandergeschnittener glieder unters sofa verlegen oder benutzen wir in diesem zusammenhang gerne mal das wort *verfrachten* können, und einzelheiten diesbezüglich wollen wir uns fast sparen, bis auf eine minutiöse beobachtung, daß männe nämlich recht gut gebaut war und Gerda, der heute gekündigt wurde, sich einen geschmacklosen augenblick lang dabei ertappen mußte, tatsächlich zu überlegen, seine hoden zu braten, *aber sowas gibt's ja gar nicht* oder erst nach diesen zwei flaschen glasklarsten wodkas, die sie jetzt drinne hat, wo wir aber mit reinhard sagen wollen, *schlafe, falsche flasche,* als bereits der wohlbekannte, von niemandem wirklich gerochene sogenannte verwesungsgeruch eine bislang ungewohnte biegung in ihre nase nahm und grün und blaue arme unterarme und schenkelstücke wieder zurück in die gefriertruhe sagt man verfrachtet werden mußten, aus der sie krachend gen himmel gefahren sind.

aber das ist ja noch gar nichts:
augsburg nämlich, ca. 1997.
in der zeitung steht: „obwohl die 67jährige bereits im nachthemd ist, kocht sie für die unerwartet aufgetauchten gäste noch schupfnudeln mit kraut, serviert ihnen bier. als sie einen moment in ihrem sessel sitzt, habe ihr sein freund von hinten ein mit äther getränktes taschentuch vors gesicht gehalten, sagt der 18jährige aus. doch weil die 67jährige nicht das bewußtsein verliert, wird auch sie mit einem kissen erstickt. auch dieses mal hält der 18jährige die hände der sich heftig wehrenden frau fest. danach essen beide anscheinend ungerührt die inzwischen fertig gekochten schupfnudeln. dem vorsitzenden richter fällt es schwer sich vorzustellen, daß jemand nach so einem verbrechen überhaupt ‘nur eine gabel voll essen kann’“, stand in der zeitung. der richter ist klug. verlassen wir das!
wie Sie sehen können, sitzt im moment ein schmächtiger herr mit grüner fliege auf besagtem sofa, unter dem der komplett auseinandermontierte Reiner liegt oder *kompott* hodensack und männliches glied oder wenn Sie so wollen hodensack FEHLEND. Sie können, falls es Sie interessiert, beruhigt sein, diesem umstand wird demnächst kaum nachgegangen, vielmehr interessiert uns jetzt die unterm sofa hervor- sozusagen *lukende* hand, die noch zur gänze also unabgetrennt armlang am linken arm gehangen hat wie weiland nach der geburt, und auch schon im mutterleib, wo sie dann langsam herangewachsen ist oder wurde, und nun schon mittlerweile dabei ist, diesem wirklich fiesen herrn mit grüner krawatte ans bein zu fassen ans unterbein und dabei gegen die behaarung stoßend. und auch eine schachtel liegt da, aus der so etwas wie *wußten Sie übrigens, daß circa 15% krebserkrankungen der kinder auf das konto rauchender väter gehen?* winselt oder wummert, und die väter werden sicherlich reichlich an erfahrung sein. Gerda ihrerseits ist derweil oder ebenso mittlerweile schon längst in der küche angelangt nach verheißenen knabberein suchend und riecht den schon total vor den hund gekommenen nämlich verbrannten kadaver im ofenrohr. kommt Gerda also aus der küche gerannt wie eine solchene, die man nicht einmal köchin nennen will sondern und schreit was von rohrbrand, entdeckt aber vorher noch die langsam sich anschickende das heißt schon ein wenig das bein des herrn mit

grüner krawatte sich hinaufflegelnde hand und dabei gegen die behaarung stoßend, die nun allmählich mit den jahren abnimmt gottseidank, während Gerda also das sieht und sich unvermittelt anschickt mich um rat zu fragen, à la ob es sich schickt zu denken *die kacke vom papst ist der heilige stuhl,* spaziert aus der küche fröhlichfrisch die ente hinaus, und das sage ich, weil ein rest von anstand es gebiert, aus der ente den braten dem Reiner den herrn und halleluja, sind Sie mal am grab von napoleon gewesen oder haben einmal ausnehmend notiz genommen von, entschuldigung, ich rekapituliere: während Brion Gysin sich anschickt zu singen, marschiert die schon gebratene und bereits tote ente abgefiedert und geviertelt, kopflos beine weg schwanz ab, soeben aus der küche ins wohngemach[!] und erblickt dort die mühsam über den flokati oder sowas sich schleppende hand, die unter dem herrn mit brauner fliege keine anerkennung fand: die hand also wie ein kampfhund auf die ente los, der sie den namen *Kohlhaas* gibt, der herr im blauen anzug unterläßt für momente für den hauch eines augenblicks, entschuldigung, ich muß den satz noch EINMAL: *„du, horch – was riecht denn da so komisch? ich hör auch was – da brandelt was. mahlzeit! – und drinnen waltet die tüchtige hausfrau!“* der herr im blauen anzug mit brauner fliege unterläßt für kurze zeit das atemholen alias zigarreanzünden mit streichholz, prostet der mittlerweile fast schon gar nicht in vergessenheit geratenen Gerda einen hauch von prost zu mit diesem wirklich abscheulichen krimsekt, einfach sabber einfach sausprudel, und sofort wieder Gerda, die den leich- oder kriechnam unterm sofa wittert, jawoll, jetzt ist mal wieder bißchen schwung hier inne bude, und sie könnte sich unter umständen auch mal vorstellen, dessen mannsglied, diesen streifen mit butter zu rösten um mal zu gucken, was von so einer interplanetarischen anmaßung so übrigbleibt, wenn's mal drauf ankommt, und plötzlich sitzt dieser kerl dieser ich kann mir namen so schlecht merken Reiner mitten auf dem sofa und berichtet von diversen kosmetischen problemen mit gewissen hautfalten, zum beispiel vorhaut oder augenlider und viren, die möglicherweise der schwanz in die möse setzt, wo sie über den muttermund in die gebärMutter wandern und lappend dort krebs erzeugen, und Gerda ist sichtlich bemüht, die hand von der soeben zum hasen mutierten ente zu trennen, während gewisse gäste dochendlich unabweislich wie wir sehen darauf drängen, einmal gründlich vorgestellt zu werden, und unter ihnen befindet sich so etwas wie meine mutter, ich korrigiere, auf dem sofa sitzt unverkennbar meine mutter, denkt Gerda: meine mutter hat immer ritter sport gegessen abend für abend, wenn hier mal endlich platz ist deutlich zu werden, und die beine hoch und in die röhre der welt geflimmert.

und wacht auf und faßt sich an den kopf und freut sich auf kaffee zeitung semmel und macht die bude zu hier?

die ganze szene gestaltet sich nun binnen weniger sekunden oder so etwas wie augenblicke wie folgt, also erblicken wir sauber abgetrennt wie man so sagte einen auch gar nicht mehr blutenden kopf einen rumpf schädel oder rübe eine oder meisenkasten, poetenkasten, trepanierstube, die so aufgebohrt, in die so hineingemeißelt wird mit schabern und stechern und perforierrädchen, in der dann nach erdgedenken besichtigung ein loch fehlt, und das gehirn verwächst möglicherweise wild über die schädeldecke und man kann mit fingern über die aus der schädelspalte gekrochene hirnwulst fahren, die da so frei wuchert und buchstäblich den gedanken nachhängt, wie das auf der soeben gezeigten einstellung deutlich zu sehen war, wo ihr das gehirngerinnsel entfernt worden jahr vom stammeseigenen zentralafrikanisch indianischen gehirnchirurgen, und wir hörten den amsellauten zu und wir hörten den meisen- und kastanienlauten zu und wir horchten die brutkästen ab, und ich sage euch, da brütet was, aber mit vorderbau erblicken wir das ganze also auf dem sofa hockend oder sitzend und zwar natürlich ohne beine, die nämlich mit füßen dran und schuhen an den füßen dran augenzwinkernd unterm sofa liegen – ‘augenzwinkernd’ nehm ich zurück, ‘augenzwinkernd’ find’ ich sofort unpassend – und es werden jetzt schon knabbereien gereicht, derweil oder weil die von der hand getrennte ente oder hase plötzlich nicht ganz spurlos verschwunden ist, was aber sofort in vergessenheit gerät, da doch die von der ente oder hase getrennte hand sich nunmehr am unverhofft mitten im raum liegenden, das heißt herumliegenden oder wenn wir ehrlich sein wollen, herum*gammelnden* glied von Reiner zu schafen macht, womit also gezeigt werden kann, alte liebe rostet nicht, und sofort wollen wir diese geschmackssache wieder verlassen und wenden uns verstärkt gewissen vorbereitungen zu einem bald zu gebenden essen zu. *that's german!* hat sich doch besuch angesagt, und Gerda ist noch ganz in anziehungsproblemen oder -vorbereitungen vertieft, was uns nicht daran hindern soll, ihr mal ein paar praktische tips zu geben, die kleidung betreffend, was ja angesichts was ja im angesicht von Gerdas katastrophalen fummelvorstellungen kein wunder ist.

da die ganze geschichte bekanntlich in einem ortsbekannten stadtteil von hackensack spielt, wo am 14. November 1961 Steve Lacy einen doch schon mehr oder weniger bekannten Monktitel spielte, und eben dieser Steve Lacy bläst auch soeben Brion Gysin das horn, diesem Gysin, der war, was er war, vermag es niemanden mehr zu wundern, daß genau sozusagen in dem moment, wo oder als sie, *also* Gerda diese schwarzen grobgemaschten strümpfe oder anders gesagt ihre füße in diese strümpfe hineinschlüpften, also in genau diesem moment und sie alles daran setzte, jetzt endlich ihre sagenhaften lippen zu schmücken, die ja eigentlich gar nichts anderes als zwei oberlippen waren, so prall, von ihren sagenumwölbten titten einfürallemal zu schweigen, wuchtet unvermittelt und sprachlich erst recht nicht zu überwältigen eine unmöglich so dick geworden sein könnende tonne von mann, o ich sage euch eine verdrängung von alltag, in diese, seien wir doch mal ehrlich, *fickstube,* daß es nur so kracht, und will ja nichts anderes als ein bißchen knete kassieren wenn's gestattet ist von dieser öffnung dieser usw., sagt sie, (Sie können ja zum beispiel mal im Theweleit nachschlagen, wenn's Ihnen spaß macht), und ihr größtes problem im moment ist, daß dieses sprichwörtliche arschgesicht sich Reiner nennt und zur zeit so ziemlich durcheinander in Gerdas wohnzimmer weilt oder welt, nämlich so etwas wie auseinandergeschnitten, und Gerda bekommt soeben einen fieberanfall, bzw. es ereilt sie ein solchener, nachdem sie ziemlich erfolgreich mit der geflügelschere an dem bereits vorher schon bestialisch und martialisch oder auch materialistisch bzw. messianisch über den fluß gesetzten Reiner herumgebastelt, sprich ihm alles wie man sagte nicht niet- und nagelfeste einfach abgeschnitten hatte oder hat, und soeben noch gerade dabei ist und jetzt im augenblick mit einem zufällig zu hilfe geholten beil, was auch *HACKEPETER* genannt werden könnte, ihn komplott auseinanderzulegen, und wenn Sie diese mittlerweile doch so ziemlich erschreckend zerfaserte heruntergekommene sagen wir mal neben die schienen gesetzte geschichte auch nicht mehr so recht zu fassen vermag und es Ihnen nach etwas geordneterem ambiEnte dehnt oder aber Sie sich ganz und gar vorstellen können, einen noch nie erlebten orgasmus zu erringen und Sie würden gern mitteilung davon machen oder aber Ihnen ist eine tödlicher zwischenfall ereignet, Sie sind zum beispiel einer der lungenkrebsinhaberhundertschaften *aber sicher mein lieber ist das unstatthaft* Sie sind zum beispiel einer eine, die schon mal vorsichtshalber auf wiedersehen sagen sollte, aber *wem bloß na sicher na wem bloß,* sehen Sie, darum geht es in dieser geschichte NICHT GANZ denkt Gerda in diesem moment, als *O-Jei* freigesprochen wird, auch ich werde freigesprochen werden, denkt Gerda, als sie ihm endlich das messer aus dem herzen zieht *was machst du mit dem dolche, sprich?* (war das nicht mal'n schlager?) und *O-Jei Symptom* sich soeben aus der angeklagtenschaukel erhebt, lächelnd, vielleicht schon an eine super familiensendung denkend in diesem moment und also bereits mental so sagt man den gerichtssaal verlassend, und dann dieser jahrhundertschwur, dieses wahnsinnsversprechen, *wird nun endlich zusammen mit den opfern die wahren mörder suchen,* sagt sein verteidiger, oder so ähnlich, und „Kant bringt amerika den imperativ", amerika hingegen verliert soeben die fortsetzungsserie seit es fernsehn gibt. und dies erinnert Gerda an das braten grillen der ente des hasens im ofen, daß sie dies hat so unterbrechen können, so für sich sein lassen können, bevor sie die zimmertür öffnet und es war die wohnungstür, und draußen geht der wind auf und ab, und sie streckt die zunge raus, und sie verschwindet im tag, an dem sie besuch erwartet und entlassen wurde wegen saufen, und außerdem ist das so aus dem unvorhersehbaren paris aufgetauchte foto der weiblichen mercedesbenzfälschung eine leiche namens Nadia, und london ertrinkt im blumenduft.

so, da sind wir wieder. nach diesem kleinen intermezzo soll's mal so richtig losgehen hier, und zwar ist Gerda ganz verzweifelt, weil einfach die ganzen enten nicht zueinanderfinden wollen. ich habe ihr bereits mehrfach vorgeschlagen, einen großen bogen um den Großen Bogen zu machen. Euch aber sage ich, da unterm sofa rührt sich noch was, da zieht eine hand nochmal kräftig an so einem stück gedärm oder was da wohl immer so länger wird geschmack- und farblos. und auch schwimmen da fermEnte rum von so nachkriegsGeschichte, *fiolen, lampeten, kufen, scheißhausfüller.*

da haben wir also den salat! der besuch ist da! während Gerda bemüht ist, jeden persönlich zu begrüßen oder verjüngen, jagt aus der küche jene dumme ente raus, die uns schon lange Einstein im magen ist. Paul hat sofort nen ständer, als Gerda ihm *guten abend Paul* sagt. aber Sie müssen hören, *wie* sie's sagt! Paul selbst merkt das nicht. gerne angeregt über gewisse entzugserscheinungen oder gerade deswegen, oder Gerda unterhält ein gewisser Rönne oder Rülle mit frankfurter aufgewärmten sich oder einen sogenannten gesprächspartner, der noch nicht in sicht ist. ums sofa machen alle einen bogen. vielleicht weil gerade der darm draufsitzt und sich ne bombenfrisur verpaßt oder ganz einfach natürlich kackt, was die scheiße hergibt. dafür aber fummelt Reiner schon an seinen ohren rum, weil er zurecht feststellt oder befürchtet, daß sie gleich abfallen, und wer erinnert sich nicht gerne an jene fulminante szene in BRAINDEAD, wo der vom affen gebissenen tyrannenMutter das ohr in den pudding fällt, KENNEN SIE NICHT? also von irgendwoher wird ein affe hertransportiert und in einen zoo gesteckt. dieser affe aber ist affenfresser und insgesamt sehr böse und hat auch den fluch drinstecken und kann sich in fremde knochen verbeißen, die dann *übernacht* so etwas wie mutation oder komplette umwandlung in ein totsein und danach in ein bösesein kriegen, sprich affen- und menschenjause vollziehen, und sicherlich ist dieser affe alias tyrannenMutter das *Böse an sich,* was ja noch jeder solcher streifen verspricht, und das ist ja auch gut so. oder ist hier etwa jemand *Eichmann?* tyrannenMutter kriegt dann langsam über nacht so ein hautabfallen, ein wummern in der blutlaufbahn mit aus dem linken unterarm hervorbrechender beule, die dann im beisein ihres herbeigeeilten vaterersatzes alias Söhnlein Brilliant aufplatzt und ihren inhalt als da wären eiterbeutel blutgerinnsel und sekrete ins schlafgemach verspritzt, das ohr der affengebissen mutierenden tyrannenMutter fällt also mittags in die puddingschüssel und zwar krönt es dort den himbeerspritzer, liegt obenauf und wird anschließend von der tyrannenMutter alias affenfresser mit einem silbernen puddingslöffel ins maulwerk befördert, was sicherlich nicht gerade oder Gerda lecker ist, ohr nichts wie raus, ne, und dann fallen auch schon schön eins nach der anderen die zähne aus, das ist es was wir haben, und dieser am mittagstisch mithockende, sich selbst nebst gattin selbsteingeladen habende *BRAINDEAD*-pavian von englischem gentleman alias stiftungsvorsitzender für sozialamt und fragen schusselt was von *a new war* muß her und *pudding was great* und adele, während der nun doch schlimm vom schicksal geschlagenen tyrannenMutter endgültig die vor dem essen nur notdürftig mit unterstützung des sohnes angeklebten und zwar mit flüssigkleber hautfalten, die da so allmählich zunehmend von den augen den wangen dem kinn herunterhingen, nicht wahr, den teint versauen, indem sie sich eine nach der anderen langsam wie Dalís weichgekochte uhren verabschieden, bis unwiderrufbare weichheit aufkommt, und das eine aus der rechten höhle baumelnde auge wie an einem bannjeseil in den pudding federt, die stimme gibt stückweise nach und klingt schon jetzt wie mit keiner maschine mehr herzustellen nachzustellen, da muß ein kleiner affe doch im hirnwulst sein, bis die sich nunmehr schon über das marmorparkett geschleppt habende suppenMutter aus dem maul wie ein raubtier stinkt und vor den augen ihres geföhnten oberschülers von sohn in ihrer abstürzenden festplatte vorübergehend die lichter ausgehen, was an folgender einstellung durch ihr seitwärts kopfabknicken deutlich zu erkennen ist, kniet davor, und die herbeigeholteilte schwester in weiß sagt bald schon, jetzt mußt du tapfer sein, sie ist hin, oder so ähnlich, und vorher noch liest er von ihren lippen ein bißchen erbrochenes, ihren lebensbericht:

„und die beichtstühle bald kopf wir nicht leitungen haben
vom mutterschiff eine schließen und werktags ist die werden
und produzierenden aus wir nicht kopf im mehr im kopf tagfront
leitungen haben ist bald die nicht haben beichtstühle
mehr wir die beichtstuhl und <u>nicht</u> die mehr ist fast schließen
die die lospricht der ist aus haben ist nicht sender in die ist
beichtstühle tagfront leitungen kopf bücher sender freudianer
nacht tage mutterschiff lösung katastrophenschutz fälscher
traumfront ersatz werktags.“

kniet davor, wittert, daß das bald ganz den bach runter geht mit dieser nicht mal mehr alte hüte erfassenden sprache, ganz zu schweigen vom Göttlichen Klangschein, den man auch Leibniz nennt, und die herbeigeholteilte schwester in weiß sagt bald schon, jetzt mußt du tapfer sein, sie ist hin, oder so ähnlich, und bevor aber der augengequellte kopf so ganz seitlich sabbernd wegkippt, vorher noch liest er von ihren lippen ein bißchen erbrochenes ihrer lebensgeschicht oder was halt die knarzende festplatte noch so funkt:

„wirle nicht mehr nicht wirben wir hanicht tagsstüh
werkle bendie hanicht tagsben werkistist
die baldha frontben tagist frontball tagbald gentag tunfront
leiha
istben nichtkopf gentag tunfront leilei mehrgen imlei nichttun
mehrgen immehr nichtkopf mehr im satz im ernicht kopf im
auskopf satzkopf istundwir
frontist traumaus frontaus traumund fastnichts traumscher
fälfront fastfast scheraus fäldie und nicht müssen diesen
leimüs
sensen eigen derdie schließen nemei einem eicher bünem
cherbü bücher diele zierha
duben prokopf sodie ein pro duden zierenzieren denen werden
derdie hasen eiben schutz im phen wer stroden tasen kader
dersen sender nerfreu adi dia freuner nerim
awir freudi dera schutzner wirta kadie diene
unsei deruns undvom fei uns nacht und sen der
vomdie ne nacht feita gesung löta gevom
der nacht die undge tader lossung spricht lö
einlos gespricht intaderunder mut
sprichtter schifflos einin schiffinter mutin sprichtin los."

und das siegel der verschwiegenheit drüber, tosender orgelklang aus trauerkompretten totentrompeten, es ist das tragische, daß alles aufhört, es sind alles schlüsselsätze.

beugen sich übers bettgespinst, wo sie liegt nun, und daß da nichts mehr zu machen sei. blutsturz finaler torso.

dann plötzlich nach einer guten gedenk- und trauerminute wieder lustiges dabeiseyn der tyrannenMutter und zwar diesmal als rasanter zombie, der als erstes mal der krankenschwester von hinten mit den händen hinter die kiemen greift, daß man die zwischen wangenhaut und kieferknochen eingedrungenen hände sich bewegen sieht, und schließlich mal der krankenschwester ordentlich das genick bricht, daß das blut hinausschießt wie fontana di roma.

dann nachts auch die hand also wie ein kampfhund auf die ente los, der sie den namen *Kohlhaas* gibt, der ein hase ist. die mutter hat zwischendurch einen ganzen schäferhund verschlungen, und nur noch der schwanz entkommt ihrem rachen oder rache. und zwar gehört dieser schäferhund, dessen räudiger schwanz der nichts mehr runterkriegenden mutter satt aus dem maul hängt, der vom schicksal zugewiesenen freundin des sohnes der zombin. und zwar Gerda war ihr name. dann massenansteckung und massenflucht. nachdem in der folge insgesamt alle auferstandenen vom tapferen sohnemann mit dem rasenmäher zu tomatenkonserven oder tomatensuppenkonserven, meinetwegen auch tomatenstück- oder tomatenstückchenkonserven sowie auch stück- oder stückchentomatenkonserven oder konserven von passierter tomatensuppe dressiert worden sind, besinnt auch die mutter sich eines aufgeblähten erscheinens in riesenarschdrachenform und verfolgt das durch den kamin geflohene sohnemännlein und sohnemanns freundin aufs dach, durch das sie von unten hinauf in ganzer länge schießt wie Ariadne, bis ihre widergeburt vom in den mutterleib zurückverschlungenen sohn durch inwendiges öffnen desselben und ausströmen der innereien mit abschließendem durchs dach wieder hinabstürzen verlöscht, nicht aber bevor der sprößling der mutterbestie noch entgegenschleudert, „du hast vater in der badewanne ertränkt".

„Es traf sich aber", daß nur seinem solchermaßen zarten, würdigen und völlig musterhaften betragen in angelegenheit der wie gesagt feinfühligen zombiebeseitigung überall, wo er mit Gerda in berührung kam, Reiner es zu verdanken hatte, daß er von diesem tage an auf veranstaltung der frau Gerda öfter eingeladen ward; das bis in die hinterste obhut blutleere haus stand seinem eintritt offen, es verging bald kein abend, da er sich nicht darin gezeigt hätte. so fing er, da sein gefühl ihm sagte, daß ihm von allen seiten, „um der gebrechlichen einrichtung der welt willen", wie Heinrich sagt, verziehen sei, seine bewerbung um Gerda von neuem an.

auf den hatte sie sich schon richtig gefreut, den wollte sie schon immer haben, spätestens seit sie ihn gesehen hat vor wenigen tagen, da hat der so schön im schaufenster gehängt, sie öffnet die tür, sie gehen gemeinsarm hinein, und jetzt in diesem augenblick stehen beide drinnen, und sie macht große augen, was auf folgender einstellung gut zu erkennen oder einzusehen ist.

einkaufszettel. wer? na der blasse riese da im sessel, der schmilzende Reiner. *quatsch!* in die garage legen, aus dem fenster werfen, in die grube kippen, in die kippe graben? – so, der braten kann raus, die leckere ente. bohnen noch drei minuten!

da haben wir also den salat! der besuch ist da! während Gerda bemüht ist, jeden persönlich zu begrüßen oder verjüngen, jagt aus der küche jene dumme ente raus, die uns schon lange Einstein im magen ist. ums sofa machen alle einen bogen.

jemand spielt klavier. erbrechen führt sie auf saufen zurück.

vom Kohlhaas aber haben noch im vergangenen jahrhundert, im hessischen, einige frohe und rüstige nachkommen Gerdas gelebt.

bei ihr war es genauso wie bei ihr. immer ist es bei ihr wie es bei ihr ist. so ist bei ihr der abschied konsequent wie auch bei ihr der abschied konsequent war. es könnte nun gesagt werden, daß dies eine vorhersehbarkeit ist, ausnahmsweise. ich sage mal erschütternd oder erschüttert daß ihr daliegen wie ein schenkelbreit daliegen eine unterbreitung oder unterbrechung oder sogar als mal so zu sagen uninteressantheit ist jawohl einen scheißdreck interessiert mich den feuchten pimmel sowieso wenn alle mal da liegen dann sowieso den hügel hinauf und atmen oder so eine art scheuern du wirst narrisch sagt man scheuren pimpern oder pullern was aber letzteres eine ungehörigkeit ist wenn es denn so ist hört man die maschine und im übrigen hört man die maschine nicht und am schlimmsten immer noch die vorstellung oder unterstellung man müsse seine eigene verdauung regeln seinen herzschlag man müsse niere leber galle unterhalten mit eigenem autoschlosser- oder schreinermäßigem dazutun sprich handanlegen und dafür sorgetragen daß dieses blut da durch und um den körper geht oder kommt da nur ein einziger laut vielleicht ein einziger vor unter lauter verarbeitung hörst du was das ein knarren ist ein filtern und einzig sagt sie nein es ist so nicht du kannst sie ausprobieren meinetwegen was aber schlimmer ist die erbsenprinzessin das hättest du nicht erwartet gell dieses mentale gestoßenwerden oder verläßt das was zum beispiel in dieser verspätetheit in diesem überfluß wenn man genau hinhört der ZIVILISATION DES PAPIERS: „Ich habe niemals die Poesie ohne Stimme und ohne Körper akzeptiert" sagt es was aber leichter ist das möchte ich hier mal ausprobieren und keine angst soweit man das aufschreiben kann das ist eine hochspannung eine plötzlich ich sage mal ich und sage mal skalpierte wenn das richtig ist halsabgeschnittene sozusagen selbstzurechtfindung ich kotze – AUSNAHME und sowieso gleichzeitig zurechtfindende interruptiv verstehen Sie wie ein dahingehaltener arsch und möchte mal den sehen der wenn aber der jetzt mal Sie entschuldigen der kann auch nicht aber diese fortgestoßene schauspieltussi glauben Sie vielleicht das sei eine lösung oder eine loslösung oder sagen wir mal oder ficken das ist der AUS-

BRUCH sagen wir mal also also oder oder wo bist du liebsames ansprechen überhörensowieso ein bißchen sagen wir trocken man hört ihren atem oder hört man sie atmen wirklich schon schönere ärsche gesehen aber eine feuchte möse ist allemal mehr wert als ein zitat – „ich wünsche, mein Hang zur Peinlichkeit wär stärker als das Rückgrat. Arschfickend auf dem Bauch liegend, schön wär's schon, die Beine gekreuzt" – post aus sechs vier fünf fünf erlensee als sie noch unter den lebenden war die gerechte die die erde kennt und die die sonne nicht mehr blendet! ach jesse dein nachsatz ist spät wie auch immer wie auch immer jedenfalls gibt es ein foto da kommt sie gerade aus dem meer mit ihren tierischen titten NA ERLAUBEN SIE MAL oder sonst so ein kleines artikelchen das brachte ihn hoch schon manchmal so am frühstückstisch oder wenn man das so nennen will keine klagen und neben ihr das schmächtchen diese irgendwie aus der fassung geratene figur hatte nicht mal einen solchen den man arsch nennen könnte sondern so etwas unverbindlich arschiges hatte aber regelmäßig spaß am ficken oder beim ficken hatte er regelmäßig spaß PUNKT mußte da manchmal an jenen strategen denken der eine oper übers ficken schreiben wollte so mit allerlei halleluja dem aber niemals fiel ein libretto ein wie etwa *rex vivat arschlust* und etwas später *der gräfin kömmt's* wie etwa dem h.c. dem kunstmann dem sowas glücklich zugefallen ist oder etwa wieder die ehemalige claudia ich zitiere die beine überkreuz und auf dem bauch liegend in den arsch gefickt werden oder sagte sie arschficken jedenfalls das zumindest aus dem briefkopf oder zum beispiel hier mal etwas was gar nicht so hineingehört in diese ausscheidungsverlassenheit sagen wir mal also so ein satz plötzlich wie „Ihr habt in Eurem Leben gar nichts geleistet als den Krieg zu überleben" so mal hingehaucht aufgeschnappt irgendwo in tralala jedenfalls wohnhausblock so um die ecke kam das so um die ecke oder weil wir gerade dabei sind mal was ganz anderes nämlich wenn du kommst komme ich auch jammertal nämlich gab es beim ficken immer so umstände genauso wie es bei ihr war und bei ihr so geschichten zwischen feucht und zugenäht oder mal wird da was nicht steif wofür es keine namen gibt außer rute schwanz eunuch oder stechmücke oder sowas biologisches wie penis im volksmund dann auch pimmel undsoweiter wobei sich hier langsam mal die frage auftut obs hier irgendwas wie sagt man langsam mal zu deuten gibt also auszulegen heißt ja jetzt das modewort und das war vor zwanzig jahren man die hatte titten und es gibt stimmen die sagen daß da eine unglaubliche macht davon ausgeht sozusagen aber wenn wir uns hier aufs arschficken versteifenwollen sieht man das ja nicht. in besagtem aus dem kopf geholten passagenweise brief oder mehrere seiten auslassung gestrichel und seelentartar dann auch eine stelle geteerter zukunft wie zum beispiel „der mich nicht liebt den bringe ich um“ undsoweiter und nun liegt die ehemalige claudia unter der erde ja um hier mal nicht zu fromm zu tun und was bleibt ist nicht nur ein gewaltiger eindruck ihrer titten ja und wenn übernachten dann nur ficken klingt es nach und eine schreibmaschine mit auf die reise dann hamburg erlensee dann wien dann tot und telefonate wie über seelenlose arme die keinen stich mehr vertragen oder nächtliches zittern was entzug ist und keine erbebung wenn man neben dir liegt und aufregung wegen dieses jammerschwanzes der ein kind macht und nicht mehr grüßt und das kind kommt in den abfall geschwind und wegen deiner titten hast du dich geschämt die immer voller und größer was soll man sagen sicher wir hätten uns lieben undsoweiter können es wäre ficken gewesen der extraklasse zweifellos und du bist fern wo kein auge hinreicht wo kein auge bricht so ein käse du hattest eine geilheit vor der ich niederkniete. gewisse praktiken z.b. des finger in den anus stecken oder arsch z.b. war vor dir nur gelobtes land und ich fragte dich nach dingen wie pervers und du hast ja gesagt und mir den finger in den arsch gerammt wie weiland der bauer den spaten in den ackerboden na wollen wir mal nicht zu gewähltsein oder war das garnicht claudia?. oder gleichzeitig die lippen über'n schwanz stülpen und gleichzeitig den finger in den arsch rammen und gleichzeitig vollkommen gleichgültig sein mit dem ausdruck einer charmanten städteführerin oder die szene wo er sie von hinten fickt so voll mit mühe und sie ihre nägel lackiert gleichzeitig diktat eines wahrscheinlich lebensunterhaltenden geschäftsbriefes hier kommt aber sprache ganz schön in die scheiße mit verlaub gesagt hingegen die erste frau die er in den arsch ficken durfte hat er geheiratet und gleichzeitig lektüre einer unbeteiligten person nämlich *weich durch zartes Vlies / saugfähig durch flauschigen Wattekern / unsichtbar durch kör-*

pergerechte Form / sicher durch klinischen Test / und hygienische Verpackung dann ist das ganze selbstverständlich eine frage wie jetzt hier mal wieder so richtig von herzen die libido zu stimulieren wäre quasi geilheit mit lust was ja schon viel zu konkret ist auch habe ich sehr geschätzt die eier massiert zu bekommen bis sie schmerzen oder wenn's passé ist schmerzten und in diesem falle ich nicht mehr genau zu orten weiß wo es denn nun eigentlich so richtig weh tut an welcher stelle bauchhöhle hodenspiel und dann die vorhaut so richtig mit karacho runtergepellt daß fast das fädchen reißt wenns überhaupt noch dran ist eine kleine zeit der verharrung und selbe protzedur nochmal aber zwischendurch ruhig mal die eier loslassen falls man vor schmerz nicht mehr genau weiß was eigentlich lustvolle sache ist habe übrigens jetzt augenblicklich überhaupt keinen spaß mehr die szene auszukosten obwohl ich offengestehen muß daß so mit der hand und dann abspritzen daß man hernach ordentlich die eier spürt und dieses gefühl der kleinen reue weil man so ohne bedenken zu ende gekommen ist möglicherweise von eigener hand und in richtung sport und leistung geht allemal der befehl *schwanz reinstecken aber mächtig halten in lauerstellung draußen vor dem tore / ficken und gleichzeitig sagen 'ich ficke dich' und gleichzeitig ansonsten wenig bis gar kein körperkontakt außer möse oder wie sagt man und schwanz na eh klar und gleichzeitig von hinten wobei gleichzeitig auf die arme oder hände gestützt einhändig abgestützt abwechselnd die titten der partnerin zumindest abwechselnd zumindest zur kenntnis zu nehmen wenn nicht gar zu berühren sind jawohl.* jawohl verstehe ich und dann mal so ein hochzeitsfoto hinüberwinken lassen aus warnochnieda o ihr scheisser in perlweiß ihr mücken und fliegen ihr tiefflieger zurechtgenähten ihr mückenstiche und o ihr zurechtgestossenen ihr krawattler faltenhosler sackobeerdigte und o ihr versteiften faltplanficker nie wieder hausfrauensex nie wieder harmlos ihr stupiden schwänze und mösen ihr feierabendficker oder immerbravbleiber ihr arschbeinigen mösen- und schwänzeschämer ihr eiernorm und 'dariechtnochetwasnachnatur'-bewisperer und o ihr eierwärmer den perversen fällt keine sprache mehr ein den sprachlern und verschiebern den treueschwörern den nochniedagewesenen den analysen und quergestreiften o meine oma redet alt sie redet deutsch den 'wissen Sie ich könnte sofort aus dem fenster springen' sicher auch das den lautlern geht die sprache aus was ist das denn wenn einer nichts mehr so einfach zum sagen hat oder eine diaflache – danke, schernikau† – geschichte mitten aus frankfurt na klar überhaupt so geschichten mitten aus oder aus dem leben gegriffen wie neulich diese eintausendneunhundertfünfundneunzigste annäherung an den eintausendneunhundertfünfundneunzigsten versuch einer deutung der bisweiligen rezeptionsgeschichte etwaiger ernstnahmen des kantschen kausalitätsbegriffs hat ein bißchen gedauert jawohl und vielleicht noch obenzu eine hauchfeine prise der arthurschen gesamtzusammenfassung und verkürzung aller etwaig andren sagen wir mal wie auch er kategorien wenn ich mich recht erinnere auf diesen wo kommen denn all die mückenähnlichen mücken her dieses muß ich jetzt beschreiben oder darf ich mal darstellen alle umbringen diese darf ich mal so sagen oder sein natürlich bin ich keineswegs für den krieg in jugoslawien oder zusammenfassung des bisherigen sagen wir mal kausalitätsgürtels was die menschheit nicht alles beschäftigt sie aber muß mir unter die nase halten oder reiben wen sie alles wie schmutzig nächtigen läßt alles journalisten läßt sie wissen aber wissen Sie mich adelt schon die langeweile dieses kapitels fehlgeleiteter libido AHA diese konservenfrucht mich langweilt um es mal unmißverständlich tatsächlich? zu sagen dieser rundherum zufriedene TATSÄCHLICH? und jetzt mal ein wirklich ärgerliches wort hausfrauensex aha natürlich das riecht nach nachtapotheke förmlich aha apo und theke also und – bitteschön – jetzt ist mal eine ganz andere reihe dran nämlich so etwas wie arschficken wenn man heute noch so sagen kann das ist ja mittlerweile geziemend oder schreibt manfrau raumfan raufman geziehmend ich glaube nicht da zieht also sprichwörtlich man den schwanz raus und schau mal an klebt noch kot dran hätteste doch wohl nicht gedacht stell mir das genauso vor bei mannarschficken besonders wenn der so bereite oder breite schultern hat aha oder sonstwas wie zum beispiel hoden einpacken einparken oder raufbinden wie mal domenika empfohlen hat in so einer gazette oder warns die tagesthemen jedenfalls wenn da mal so ein fall von nichtkönnen ist oder vorherrscht jedenfalls um mal aus eigener warum eigentlich westentasche zu plaudern da war mal so ein fall wo ihr die hände gebunden waren sozusagen sprichwörtlich und zwar mit einem ledergürtel oder einem tuch aus schwarzer farbe und sie hielt ihren hügel hoch so um zu ficken oder das ficken umzu simulieren oder stimulieren oder sowas ähnliches jedenfalls: jedenfalls auch sonst dabei noch ich glaube so ein schwarzes tuch um und was glaubste keinen hoch ach so WIE MEINEN? sicherlich irgendwo gelüste jedoch immerhin verlief die ganze schohse ziemlich schlapp und matt und auch von trinkgeld konnte keine rede sein dabei frage ich mich oder frugte es mich beim vergeblichen JETZTABERMALDENSCHWANZVERSENKENSPIEL ist denn ficken oder bitteschön was man halt so dafür sagt ACHGOTTNATÜÜRLICHODERFRAU ist das denn vielleicht sogar sozial oder sowas oder sowas ähnliches abhängig ich meine fickt der schlosser anders als die managerkrankheit oder zum beispiel jener ich glaube japaner oder koreaner oder tamile oder deutsche oder kanadier oder thailänder der in jener nacht sechsmal hintereinander? mit dieser seiner braut geschlafen hat und abgeholt werden mußte wegen totalauszug seiner kräfte aus dem gelobten land namens körper oder sowas wie geist jedenfalls war er total amarsch restlos ausgefickt so scheints absolut endlich ausgezehrt der arme ficker und mußte wie bereits betont abgeholt werden nach sechsmal ficken in der hochzeitsnacht oder tag und war sprachlos sprichwörtlich das heißt der arme jünger christi oder christos bekam die klappe nicht mehr auf tatsächlich konnte kein blabla mehr außen was soll ich sagen der kerl war und ist für uns und jetzt und mich erledigt ich will nichts mehr von ihm hören mit ihm zu tun haben er kümmert mich einen dreck mich kotzen solche vermischten meldungen grundsätzlich an punkt. oder jene besagte braut was sagt die eigentlich dazu fickt die auch? oder so 'nen satz wie „frauen die mich zwei wochen nicht ran lassen können mich mal am arsch lecken“ bleibt unkommentiert.

jetzt mal der reihe nach erklären wie es bei ihr war und wie es bei ihr genauso wie bei ihr war. „an ficken bin ich grundsätzlich überhaupt nicht interessiert“ habe ich ihr dann auch prompt erzählt als wir da mal abends oder wars im garten am tisch saßen und über so dinge quatschten wie ach ja daß es ja zwei geschlechter gibt ist ja wirklich komisch und sie feststellte daß ich sie bislang noch quasi garnicht geküßt habe oder hatte oder wie man das so sehen will und sie hieß tatsächlich maria und ich hatte sie tatsächlich sehr ins herz geschlossen und ich habe noch ein foto von ihr da ist sie noch ganz klein sagt man da kann sie fast noch garnicht gehen oder höchstens so ans oder aufs geländer gestützt in einem schwarzen kleidchen eine handvoll steinerne stufen hinab im winter *weh mir wo nehm ich* usw. *und wo den sonnenschein* ach das wird jetzt aber mal sehr poetisch fast was auch kein wunder ist eine wirklich herzzerreissende fotografie aus wie soll ich sagen schwarzweißen konturen oder so etwas entsprechendes jedenfalls in irgendeiner materie schwarzweiß und daher wohl selbstverständlich auch ihr röckchen schwarz meine haare weiß und dieses foto das seit jahren immer in der linken schublade meines tisches liegt sozusagen so vor sich hinstarrt in dieser schublade dieses tisches an dem ich was tatsächlich der fall ist auch jetzt bin oder bin jetzt und dieses foto jetzt mal heraushole um alles zu überprüfen jedenfalls was gesagt werden kann oder wurde für euch liebe ehrengäste für euch für euch verehrte trauergäste und für euch ihr halbstarken seelen eurer kindheit und auch für euch nicht zuletzt ihr erst ganz spät zusammenbrechenden hochdekorierten ihr dackel und fürstbücklers und bevor ichs vergesse auch für euch für euch für euch eine aufnahme aus dem jahr 15.2.65 die eine herabsteigende maria zeigt mit füßen im schnee versunken der auf der fast noch garnicht herabgestiegenen treppe liegt so vielleicht linealhoch und die von ihr aus linke sanft ums möglicherweise eiserne geländer geschmiegt das da so geradeaus zu gehen oder verlaufen scheint jedenfalls von uns aus gesehen rechts unten allmählich ganz aus dem bild verschwindet das unerklärlicherweise wohl immer schon in ein rotledernes hinten mit einem aufklappbaren etwas zum aufstellen versehenen moment ich habe kurzzeitig den faden verloren also rotlederner rahmen und die rechte von ihr aus gesehen zur faust gefaßt hat sie ein gemustertes aus zwei unabhängigen sowohl als auch stoffen zusammengesetztes sagen wir mal kleidchen an kurzärmelig über ein womöglich wollenes weißes im winter wärmendes oder vielleicht pullover gestülpt vielmehr so drübergezogen wie das da so geht immer das machen wir ja noch zum teil heut so und das ist meine maria die ich ihr wohl mal zurückschicken sollte aus gründen der selbsterinnerung und denn *was-du-nie-verlierst-das-mußt-du-stets-beweinen*-lebensgeschäft schon seit jahren oder antischonzeitspruch von unswolfgang freund rothe und daselbst wovon dieser name oder namen stammt das heißt in einem sprichwörtlich vorläufigen prosastück finde ich gerade jetzt einen rotmarkierten passus schritt oder auszug folgender worte *Wenn ich einen Roman schriebe, so würde ich es nimmer wagen, meine Geschichte mit einem Selbstmorde zu schließen, um den Verdacht der Nachahmung zu vermeiden, da diese Saite nun einmal von einer Meisterhand ist abgegriffen worden.* und sie feststellte daß ich sie bislang noch immer garnicht geküßt habe und sie nahm mich bei der hand und führte mich und meine hand zur treppe auf der wir dann eine weile standen ein weilchen und sie faßte mich her sie nahm meinen mund und was haben wir denn schon für möglichkeiten als mit der sprache zum beispiel gegen solchene atomtests wie zum beispiel die sprache zu sprechen und zwar sprachlich womit wir die familie komplett hätten ich sage mal beiläufig ihr könnt michalle mal am arsch lecken – und? – ist das eine grenzverschiebung ist das in der sprache ist das space und sie feststellte daß ich sie bislang noch immer garnicht geküßt habe und sie faßte einen plan mittwoch um sechzehn uhr legen wir uns unter eine decke und ich hatte noch nie eine jemandin gefickt worum es hier aber überhaupt nicht geht weil ich steckte meinen schwanz oder so etwas zum ersten mal unter den ziegeln des daches meiner eltern in sie hinein und nicht an jenem besagten mittwoch unter der decke des bettes am boden vis à vis der decke des hauses ihrer eltern wo immer die damals zumindest betuchten stufen der treppe die zu den gemächern führte die knarrten und nichts habe ich überwunden nichts ich habe nichts verkraftet nichts löschen können meine lieben das ist doch kein lebenslauf das ist doch nur so ein dahingetrockneter lauf das ist doch kein urin oder so etwas wie schweiß der den körper oder präzise gesagt die achseln hinunterläuft wenn man so wie ich heute auf dem balkon sitzt in locker gesagt brütender hitze und sie feststellte daß ich sie bislang noch immer garnicht geküßt habe und nichts lieber als ficken oder was man sich mittlerweile damals darunter vorstellte aber ich sagte ihr „an ficken bin ich grundsätzlich überhaupt nicht interessiert" habe ich ihr dann auch prompt erzählt als wir da mal abends oder wars im garten am tisch saßen und über so dinge quatschten das sind so endende geschichten und wir lagen vor dem kap der guten hoffnung und nahmen london gleitgel duftneutral das sind so witze und unswolfgang *Wer immer strebend dich bemüht, den können wir erlösen* zitiert sogar der vulkandichter malcolm gutenacht ihr straßenkehrer ihr unterdenbrückenschläfer gute nacht gutenacht ihr halbneutralen die ihr euch noch nicht entscheiden könnt zwischen benennung und name gute nacht. und eure matratzen und eure tüten und euer hundsein und streunen.

„eine feuchte möse ist allemal mehr wert als ein zitat." da aber keine feuchte möse zur hand ist, bitteschön ein zitat:

Was bedeutet der Impuls zur tabula rasa?

... Wir haben gelernt,daß die Libidofunktion eine weitläufige Entwicklung durchmacht, bis sie in der normal genannten Weise in den Dienst der Fortpflanzung treten kann. Im Einklang mit den Lehren der allgemeinen Pathologie kann man sagen, daß eine solche Entwicklung zweierlei Gefahren mit sich bringt, erstens die der Hemmung und zweitens die der Regression. Nach dem, was von der Entwicklung der Libidofunktion bekannt geworden ist, dürfte man aber Regressionen von zweierlei Art erwarten, Rückkehr zu den ersten von der Libido besetzten Objekten, die bekanntlich inzestuöser Natur sind, und Rückkehr der gesamten Sexualorganisation zu früheren Stufen.

meine damen und herren, das kennen wir doch alle:

im elterlichen haus vor dem bad auf den knien, das steife glied in der rechten hand, die badezimmertür verschlossen, die tochter in der wanne. das linke auge durch den schmalen spalt des schlüssellochs, einige sekunden stockt der atem, dann ziehen die finger die vorhaut über die eichel und zurück. mit der rechten hand führt die tochter die kräftige brause zwischen ihren schenkeln auf und ab. ihr kopf liegt gegen den rand der grünen wanne. die lippen dieses kopfes formen beständig wechselnd ein neues gesicht. wenn sie zu singen beginnt, geht vorzeitig einer ab, befürchtet der sohn. zehn minuten gleitet die vorhaut im gleichen maß über die eichel, zwischen die schenkel klopft und hämmert das wasser. klitoris und eichel sind entsprechend geschwollen. wohin mit dem ding, fragt der sohn. wie nur, wird sich die tochter fragen. ob ich ihr helfen soll, fragt der sohn. mein brausenvorspiel, denkt die tochter.

die spitzen der brüste vom peitschenden strahl der brause aufrecht und steif, das glied beim anblick der schwester aufrecht und steif, überhaupt alles aufrecht und steif, und aufrecht der vater die treppen hinauf und steif, und der sohn verlegen von den knien erhoben und aufrecht und steif und vater holt seine zigarettenrauchend beringte hand aus dieser braunen hose, nicht wahr, und knallt dem noch tropfenden sohn die musik seiner ansonsten späße machenden rechten hand ans linke ohr und die tochter hat noch keinen orgasmus bekommen. die mutter hat das frühstück bereitet, der wie gesagt duftende kaffee, der sohn erfreut sich trotz allem seines gliedes, im kopf fällt sein blick auf die gespreizten beine der tochter.

andererseits: wie er also onanierend durchs kellerfenster schaue, kommt vater heim. das untrainierte sperma klatscht versehentlich gegen die schmutzige scheibe, der schwere aktenkoffer, sofort also unmißverständlich das onanieren eingestellt. einige tropfen dennoch wenn auch unschuldig entlassen. sehr geehrter herr pfarrer, ich habe letzte woche onaniert. zwanzig vaterunser. meine schwester ist aber manchmal nackt und das innere ihres genitals hat sie mir auch gezeigt. schwester auch zwanzig vaterunser. nein, korrigiert sich der pfarrer, schwester fünfzig avemaria.

andererseits: ich habe es zwischen den matratzen meiner eltern gemacht, zwischen den türen meines kleiderschrankes das geschwollene glied blutig gerieben, mit der heftig vibrierenden schwinge meines ersten rasierers die eichel verletzt, ich habe den harten strahl des brausenschlauches genossen, die hose erst gar nicht geöffnet oder gegen langeweile und brechende müdigkeit auf dem fabrikklo gewichst ... ergibt eine meinungsumfrage.

was aber abrabar betrifft so konnte sich mit ihr der stolz gehegte wunsch nach arschficken tatsächlich bzw. schickte sich der vater aller dinge an das heißt es schien nun möglich den wie helmut irgendwo sagt bzw. schreibt nämlich ist das ja heutzutage sozusagen dasselbe was auch immer das sein mag wie helmut also ausdrückte und diese vorstellung eines rests oder restes von zahnpasta z.b. in einer schon ziemlich zerdrückten oder ausgequetschten oder sogar was ja kaum möglich ist aber sprachlich zerfledderten zahnpastatube gefällt persönlich mir jetzt mal total wie helmut also mal so sagte und dann nachweislich auf buch drucken ließ oder laßte wie helmut also mal so loswurde zu diesem sagen wir mal umstand nämlich *Pillermann, Schwänzchen, Zebedäus, Rute, Phallus, Penis, Glied, Ding, Lockenprinz usw.* die also insgesamt mal zu versenken durch diesen gekräuselten lampion oder lamprete oder sagen wir direkt mal hautkranz oder afteranus oder afterfittich afterfeld verstehen Sie und da geht nix mit kurz mal zunge reinstecken zum gefügig machen da heißt es dann schon *london gleitgel duftneutral* was ja zunächst mal nichts anderes als drei wörter ist oder sind durch berührung zu wirkungen gefügt oder ein ander mal lag ich unterm bett und sie sagte wortlich *du kommst mir nicht aus* was aber nichts nutzte da ich eh keinen steifen pillermann bekam oder auch nicht von dieser verfolgungsjagd durch den poetenkasten versuchte aber mich nicht gegen das ding in ihrem mund zu wehren plötzlich das anerkanntermaßen mein *Zebedäus* war oder genannt werden konnte und wenn ich gekonnt hätte oder mindestens gewollt hätte ich gern ihr das da mal also *Zebedäus* in den arsch gerammt oder z.b. anerkennung unter freunden für soviel liebesding am liebsten aber sind meiner vorstellung oder sagen wir direkt mal theater sogenannte vierzigjährige mit total gleitfähiger vulva oder vaginal wenn ich jetzt mal nicht was verwechsle jedenfalls ich sage euch jeder tag ist ein guter tag zum abtritt wo man also weg ist endgültig oder z.b. soetwas wie daniil charms' arschgeburt ist höchstens was für die abgeschaberten zwangsvorstellungen ehemaliger ficker die zwischendurchmal und das heißt jetzt oder endgültig auf vier rädern sitzen oder wer weiß ob dieses ding nicht eines tages mal ich sagt und ich bin. liebe verwaltungsangestellten, ficken ist scheiße sage ich mal aus, gekotet, ficken ist nicht normal oder wenigstens so ein orlowskitittenangebot zentralverschweißt und aber ich sage Euch in allzu wenigen jahren interessiert ficken kein schwein mehr oder der mann hat titten nichts entgegenzusetzen amen ich sage Euch ich habe den faden verloren es bekümmert mich Euch ohne ficken zu sehen oder ich sehe Euch die totale ficklosigkeit an. so und jetzt mal eine total entzückende liebesgeschichte z.b. von mir selbst: kapitel eins wie ich sie im supermarkt traf und sofort als meine langjährige freundin wiedererkannte mit mehr als einem jahr unterbrechung wegen jemander die ich wohl heftig begehrte ihrer titten wegen wir sind aber dann jahre später erst übereinander hergefallen ich glaube die schönsten titten die ich persönlich je gesehen habe undsoweiter aber äußerst schmale schultern undsoweiter aber siehe da das ist doch die maria erkenne ich im supermarkt sofort und während einer feier fragte ich sie nach ihren masturbationsgewohnheiten und sie hat auskunft gegeben. auf ihrem bett stehend beschlossen wir uns wieder wiederzuvereinigen und nichts habe ich überwunden nichts ich habe nichts verkraftet nichts löschen können meine lieben zumindest historisch verwackelt gesehen und ohne einblendung gegenwärtiger zukunft und nichts davon habe ich löschen nichts zur unkenntlichkeit verformen nichts verkommen lassen nichts zusammenfassen können denn bei ihr war es genauso wie bei ihr. immer ist es bei ihr wie es bei ihr ist. so ist bei ihr ist der abschied konsequent wie auch bei ihr der abschied konsequent war. einmal jedoch und zwar war es jahre später da haben wir die nicht mehr dieselben waren sondern älter und andere personen sogar nämlich sie war eine ganz andere und ich geradeausdenkenwollend meine lieben damen und herren wir wissen ja wohin das führt wir wissen ja darüber bescheid respektive das abendländische denken und apropos denken wie uwe sagt *über das menschliche gehirn sind tausend einzelheiten bekannt / sonst nichts* sie also hieß überhaupt nicht mehr maria sondern abbarar und da standen wir also in der damentoilette einer ortsbekannten lokalität und sie gab mir den befehl meinen zebedäus (ich weiß beim besten teufel nicht was das eigentlich heißt) in ihre wie helmut aufzählt *Muschi Röschen Geschlechtsteil Vagina Votze Dose Täschen Pflaume usw.* zu stecken vertiefen versenken sie zu ficken lobpreisen jonglieren anbeten und dann auch noch kommen zu lassen und zwar sagte sie während andere anständige auch biertrinkende damen die nebenanliche örtlichkeit besuchten *komm doch endlich ist das alles* und ich sagte ihre erwiedernd *ich komme gleich ich muß nur noch kurz aufs klo den pillermann leeren* oder lehren jedenfalls stirbt man nicht davon höchstens später und sie wollte unbedingt wie sie sagte von hinten genommen werden wie sie sagte aber und ich mußte erst einmal mit dem entleeren meiner blase zurecht kommen was ja an und für sich nichts neues ist und aber stellen Sie sich mal vor war ja ganz klar nachdem ich das ding geleert hatte blieb nichts mehr übrig von der steife, der bisamratte und alle damen des hauses des gemächts des harems der vergnügungsstätte und -sucht der öffentlichen pissoirs wo sich alles rumtummelt und scharf ist rumläuft wie eine scharfe waffe wie eine schon lange nicht mehr so richtig durchgeknallte oder salopp gesagt befriedigte persönlichkeit fickende affen fickende bahnwärter fickende hans dampf und so etwas ähnliches wie fickende oberschullehrer ihr kastraten und hatte plötzlich den zustand jemandin wolle mir ans angehängte ans gemächt oder gemöcht als da nämlich wie gesagt waren so toilettentüröffnenähnliche geräusche wie *dir geh ich gleich an den sack* und wenn ich ehrlich bin das war es nicht ganz da war noch etwas ganz anderes alias austropfen oder harndrang oder zum beispiel etwas apropos meine sogenannten versteifenden ausschweifungen hirnlings alias sexuelle fantasien: ich habe mit einer circa vierzigjährigen frau zu thun und gegenüber sitzt mein vater und sagt *ne das ist scheiße* also wirklich nicht! oder vielmehr da ist so jemand wie eine langfingernagelige und fingernagelrotgefärbte exnutte die mir quasi einen runterholt und ich studiere nebendran oder so etwa wie tatsächlich *josefs zurechtlegung der dinge* und nur ich weiß was das ist oder heißt und sie verstehet auch tatsächlich ihr geschäft meine produktion anzuregen was nämlich so etwas wie ich habe kurzzeitig den faden verloren also rotlederner rahmen entschuldigung. anders hingestellt bedeutet das ich stehe im bad oder badezimmer und könnte ihre langen rotlackierten fingernägel sehen ihrer hand die soeben dabei ist oder sind meinem durch zauberei steifgewordenen schwanz und nicht aber jetzt aufgepaßt mir einen runterzuholen während meine tatsächlich vielleicht frau sogar vielleicht in einem zum beispiel roten sessel aus vielleicht leder sogar sitzt in voller potenzmanier und sich das ganze ansieht und sich ihren verkommenen teil denkt meinetwegen aber sie soll es für sich behalten und ich komme und gehe. *die trivialen Grundmuster männlichen Bewußtseins.*

und wahrlich ich möchte jetzt einen kleinen vortrag halten über wissenschaftstheorie über die bewahrheitungsmöglichkeitsmechanismen über die vonfallzuphalsifikation oder verification oder amtlich verifizierung niedergelegter protokollsätze wie diese *bewegung des eichhörnchens im rade* diese gelesene trauer erlesene schwindung oder so fundsachen wie *diese katastrophe entstammt nicht der sprache* na meinetwegen.

und jetzt mal eine geballte ladung zusammenfassung eine exterritorisierung ein terrorismus eine nichtsüberlagerung weitgeschweifte hahnebüschung eine wenn es soweit kommt wiederlegung abgeschilderten vollzugs:

„Die Paranoia der männlichen Kraft zielt aufs Äußerste: den Tod." oder *„Das männliche Denken [...] schleicht in seinen Zirkeln um das dunkle Loch des Weiblichen, das keinen Namen hat".* oder *„Wo aber die Frau ausgespart ist, endet auch das Denken".* oder *„Vater werden heißt, in die Todesproduktion einzusteigen und in die hierarchischen Rituale des technischen und künstlichen Produzierens zur Abwehr der männlichen Unfruchtbarkeit"* die männliche *„Faszination am eindimensionalen Dunkel".* oder *„Die Energie des Nichtendenwollens erhält die Bewegung der Maschine".*

und sie feststellte – sie, die nicht *sie* war – daß ich sie bislang noch quasi garnicht geküßt habe oder hatte *ich habe die frauen lange studiert und kann sagen ich kenne sie jetzt 1a* sagt daniil und *zwischen den beinen einer frau riecht es allemal besser als eine pfingstrose* oder so ähnlich. oder *das Patriarchat ist am Ende angelangt. Panische Angst vor Erniedrigung (als Mann) [...] Ein fanatisches Ichprinzip versucht die körperliche und geistige Impotenz zu vertuschen. So wird die Impotenzerfahrung selbst noch als scheinbare Potenz wiedergegeben im Akt des Schreibens. Ihm ist das Stigma der männlichen Erfahrungswelt eingegraben.*

Setzung und alphabet. Abertot. künstlichkeit der naspringschonendlich alltäglichmachung. ich aber sage euch das geheimnis der weiblichen brüste ist die nähe der entfernung so nahe sie auch entfernt sein mag und *so nah in der ferne, und doch so weit* es ist tatsächlich eine unendliche reproduktionsgeschichte das all wenn ich mal soweit gehen kann es ist tatsächlich eine gar nicht hier abzuschließende übertretung überleistung und übersteuerung liebe staatsbeamten mr. dealer ich habe diverse pornographien mein eigen nennen können und *na, um gottes willen,* schreibe ich lieber über die leibliche reproduktion an sich und für uns schreibe ich lieber über und an den leerlauf hiesiger atlanten der art „kannst du gerade mein hirn mal halten" aber apropos unter meiner vorhaut wenn ich richtig informiert bin tümmelte sich so etwas wie krebserzeugendes smegma talghaltige schmiere morgendlich suhlen staffagefigur skrofel skriptur skrups skrotum ich meine jeder mensch hat seine zähne im maul oder empfindsame fälschung und sehnt sich nach anverpassung und manchem träumt wie unsereins eugène *Ich träumte eben diese Nacht daß sie [George Sand] mir eine kleine Hand aus einem köstlichen Stoff schenkte, der wie Fleisch war, in Wirklichkeit aber nichts damit zu tun hatte. Es war eine Art Spielzeug, ein Tand, den man in seine Raritätenschachtel tut; außerdem reagierte die Hand auf Druck, war kurz gesagt mit Empfindsamkeit begabt, und so lag ich da mit der Hand meines Traums. Als ich erwachte, sagte ich mir, ein Schmuckstück wie dieses würde auf Reisen sehr nützlich sein.*

war also noch da, als er erwachte, die hand. könnte da mal kloben mit schlagen ins hirn in den kopf. immer wieder so eine prothese die schmutzig wird die bestraft wird die jedes bewußtsein beherrscht. *ich möchte nicht werden der ich bin.* ich mache mich voll ich putze mich ab ich möchte einmal kosmoswelterdesuperanalytikerintendant der ganzen kosmoswelterde werden und alles ausanalysieren und dann meinungensagen „ne ne! 'kritik' ist ein antiquarer artikel, aber wenn die gekochte zivilisation einmal lang genug aus ist, ist alle kritik wieder da, oder sieht dann jemand etwa die *See, den Ozean. Ein Segel? Eine Flosse? Eine Rauchfahne? Die Wogen? Es ist also schon Nacht? Nein. Was denn? Es ist grau. Ein helles Schwarz.*"

das ist ein aufwind oder aufwand ohne daß was rauskommt pflegte meine mutter im übrigen überhaupt nicht zu sagen.

Ihr kriegstöter liebestod Ihr veteranen leuchtkäfer spurenelemente ich aber sage Euch ich bin der ewige ebenist ich bin der trinker und zerrütter Ihr kacke Ihr scheiße und haufen *und ich kehre die menge wie schutt* Ihr betriebler und ferien Ihr seid zufrieden damit daß Ihr schwänze mösen titten und eier habt und gebärmutter und thymian und radieschen und wasserstoffbombe und new york und kartoffelkäfer und geranien gardinen leuchtspurichweißnichtwas und siebentod alabaster uchte und seitenwechsel Ihr seid stolz Ihr kacke Ihr scheiße man bedient sich man bedient sich zusehends der silbenuhr der silbentruhe die leer ist die aufzufüllen vergessen wurde die, die bewispert *verhornte augen, die* bestohlen, also brechen wir das mal ab hier wissen Sie ich bin es satt ich nehme mal meine zunge raus und steck sie Ihnen in den arsch. o ich möchte das mal alles durchformen hier ich möchte da mal ankommen wo wirklich kein staubsauger nötig ist ich möchte einmal nicht mehr wäsche waschen aufstehen eier kochen butterbrot mit butter und semmel marmelade kühltruhe mit viel angetrocknetem angesetztem so völlig aus der fassung geratenem fleisch so grüngesprengtes rotunterlaufendes oder ich kenne mich nicht aus ganz in diesem fach so gesprenkeltes getupftes sämiges auch so folienverschweißtes abgehangenes, sicher, was ja unter diesen umständen das wenigste noch ist, ich muß scheißen kotzen pissen pickel ausdrücken furunkel oder sowas so eine hautstörung oder bindegewebestörung oder noch häßlicher hautzellenüberwucherung so etwas wie geburtsschwäche oder siechtum à la baracke brocken oder maldahingestellt weggerochen wie halde ja und dauernde total krepierende kackscheiße o ich sage euch da ist noch poesie drin da kriechen noch würmer raus da riecht mottengegnererstbefall mottenschutzbio *mit dem blumigen duft des lavendel* wie kanal nummer 5 dagegen so gesprenkeltes getupftes sämiges auch so folienverschweißtes abgehangenes, sicher, was ja unter diesen umständen das wenigste noch ist, ich muß scheißen kotzen pissen pickel ausdrücken furunkel fleisch und so wachteln mit fickfrisch entschuldigung in die höh' gerecktem gebein und einem loch in der mitten entschuldigung aber wir werden das noch auf oder in die höhe treiben diese pickeltrümmer- diese abszeßsprache oder sprachabszesse auch wenn wir im augenblick über ficken koten tittenschwanz usw. nicht hinausreichen oder -riechen. und so liegengelassenes um das mal nachzutragen so über instanzen liegengelassenes hühnerbrust und so das mal da liegengelassene hühnerbrust- oder wenns hochkommt entenfilet wenn's das überhaupt gibt oder überhupt, so aus dem genannten kühl- oder hühnerschrank hinausgefleddertes hinausgehalftertes hühnersteakflügelsaubandengehäkeltesabendmahlschandenfleisch oder auch nur geflügel so tarnend abgewest abgefäultes versalmonelltes amen ich sage euch es geht den gestank runter es geht den hals die straße runter und in all dem scheißgestank wird eine kleine seele krank sicher und niemand weiß was meine unsere fensternachbarn so die nachbarn von gegenüber so vis-à-vis über michuns denken wenn die uns da sitzen sehen oder zum beispiel ist es ja heutzutage so daß jeder dem andern seinen rüssel ihre zähne in die oberfläche hängen kann das ist ja heutzutage alles transparent da werden wir ja gar nicht mehr lange geschichten erzählt der art weh unser armer thomas ist tot und auch ‘unser’ ist reklamereklame wir haben keine zeit mehr anderes anders zu sein ändern oder sprichwörtlich so ein getriebe umhergespinne oder mal so ein blumenbeet wie ich persönlich das mal erlebt habe als die kreisstadt namens düren erst jetzt durch eine kurze erwähnung im handumdrehen erst richtig na was auch immer ich sagen wollte, landet mit einer beschwerde gegen behinderte vor dem bundesverfassungsgericht, weil die angeblich zu laut brüllen oder im garten onanieren lauthals ficken kopulieren oder was die da auch immer tun, das weiß der kläger auch nicht, fühlt sich aber beschimpft und zwar letztlich von der existenz oder vom existieren und da muß man gar nicht erst den jean paul sartre bemühen „existenz heißt nicht leben sondern geworfenheit“ oder so stupendfrappierend kollegial, gesehen so eine blumengeschichte am markt tulpen ohne jetzt mal auf so etwas wie melodie zu achten und spätere schnapphähne verspätet kläfft das an mögen diesen salat mal ordnen vorerst geht’s weiter an die leine die marktbeschauung wenn ich das mal soaus der hirnhaut spinne und oder o Ihr afterspinnen schleimscheißerriesen „Scheißhaußfüller“, „Zäpfleinlüller“, „Freßschnaufige Maulprocker“, „lichtscheue Augennebeler“, cashmirdilettanten Euere ordnung der gekochten dinge reißt vor der beleuchtung doch ab oder mal ehrlich sein und sagen daß ich es müde bin daß ich kein foto mehr verdauen kann wo auf dem ich so stirnfaltige krampfadern zeitige dicht in der stirn stilisierte hirnfrisur o ich sage Euch oder zum beispiel sicher sicher mal jetzt die fundamentalen lätzten dinge raushängen lassen wie der heilige peter der rührkopf dies schon versuchte verdrückte verstaute als meine und jetzt *generation* noch ungeboren in den hummer schiss o Ihr bügler Ihr kampfansager wetterfrösche angesichts des ammersees ist alles egal einmal nur ficken zum beispiel oder kunst machen als staatlich registriereter fickersatz und das ganze kommt der tatsächlichkeit zumindest gleich UNDSOWEITER wie unser tod, Du weinsorte, etuden wir so weiter und so tun wir oedes. undsoweiter.

aber immerhin oder zum beispiel „mit ‘schrotschüssen’ ins

bakterielle erbgut“ und es heißt *haemophilus influenzae* dem ein ehrenplatz der wissenschaftsgeschichte sicher ist als das erste lebewesen zitat dessen erbgut vollständig entziffert wurde.

oder bei ihr war es genauso wie bei ihr. immer ist es bei ihr wie es bei ihr ist. so ist bei ihr der abschied konsequent wie auch bei ihr der abschied konsequent war. daß das mal gesagt sein muß. daß das mal einfürallemal gesagt sein muß. und zwar so hinlänglich. so überflüssig. so voller überfluß. oder eugens *schweigen* überdauert eugen.

oder oder oder oder oder oder oder oder oder oder oder oder oder

oder oder oder oder oder oder oder

ooder oooder ooooder

ooooodeer

oooooodeeer

ooooooodeeeer

oooooooodeeeer

ooooooooodeeeeerr

oooooooooodeeeeeerrr

ooooooooooodeeeeeeerrrr?

Michael Lentz
Muttersterben
Prosa
190 Seiten. Gebunden

Einer stirbt. Einer wird vergessen. Einer wird umgebracht. Etwas kommt abhanden. Was tun? »Muttersterben«, das sind Momentaufnahmen alltäglicher Erfahrungen, die vom Abschiednehmen handeln. Sie erzählen vom Erinnern und davon, wie der Versuch, sich Situationen und Vorgänge zu vergegenwärtigen, tragisch werden kann, oder absurd oder komisch.

So melancholisch wie unsentimental schildern die Geschichten die zum Teil grotesken Versuche, mit einem Verlust umzugehen, der plötzlich ein Eigenleben entfaltet.

S. Fischer

fi 1-044810 / 1

e d i t i o n s e l e n e

Hier erfahren Sie etwas über Bierliebhaber oder die Schöpfung oder das Dasein der Tiere oder die Natur, auch zum Beispiel über den Himmel oder über Mutterliebe oder oder oder. Aber was heißt das überhaupt? Dass das ein für alle Mal gesagt werden muss, so hinlänglich und so überflüssig. Oder?

›Der Tagesspiegel‹ schreibt: »Michael Lentz ist Lautpoet. Unter anderem. Er ist auch Saxophonist, Schriftsteller, zudem Plattensammler, Fußballspieler und Ingeborg Bachmann-Preisträger.« Und ›Oder‹ ist Prosa.

Michael Lentz, 1964 in Düren geboren, lebt in Zürich. 1998 Promotion mit einer Arbeit über Lautpoesie/-musik nach 1945. Autor, Musiker und Interpret von experimentellen Texten und Lautgedichten. Seit 1989 im Ensemble des Komponisten Josef Anton Riedl. Diverse Preise, u. a. den Ingeborg Bachmann-Preis 2001 und den Förderpreis des BDI 2002. Zuletzt erschien im S. Fischer Verlag ›Muttersterben‹.

Unsere Adresse im Internet: www.fischer-tb.de